绽放
最权威、最实力文学盛宴
青少年必读作文典范

# 第二十届
## 新概念作文

**获奖者作品精选**

刘奔三 主编

北京时代华文书局

目录 Contents

## Part 1 ——— 倘若不再想起你

002— 倘若不再想起你

012— 沉睡

020— 天际线

029— 2375

## Part 2 ——— 过客

050— 过客

065— 笑话大王的眼泪

072— 你说那个告白

086— 窗口的女人

## Part 3 ——— 时光列车

098— 时光列车

101— 运金者

120— 京巴

## Part 4 暖冬

130_ 暖冬

136_ 宠儿

155_ 姐姐

162_ 情书

## Part 5 无人之岸

172_ 无人之岸

180_ 底牌

187_ 十夜魔谈

217_ 前进

## 作者简介

**| 半截**

第二十届全国新概念作文大赛一等奖获得者。

**| 宋俊宁**

第二十届全国新概念作文大赛一等奖获得者。

**| 冯想**

第二十届全国新概念作文大赛一等奖获得者。

**| 张烻**

第二十届全国新概念作文大赛一等奖获得者。

**| 王子卿**

生于东昌府,落脚长安城。吹拉弹唱,一个不会;文治武功,诸事无成。遂付心意于秃笔,一觞清酒,几页草书,绘江山万里,觅高山流水。第二十届全国新概念作文大赛一等奖获得者。

**| 张子瞻**

第二十届全国新概念作文大赛一等奖获得者。

**| 翟露**

第二十届全国新概念作文大赛二等奖获得者。

## 旻皓
第二十届全国新概念作文大赛二等奖获得者。

## 喻北
第二十届全国新概念作文大赛二等奖获得者。

## 止死
第二十届全国新概念作文大赛二等奖获得者。

## 电子链
科研预备军,也有文豪心。第二十届全国新概念作文大赛二等奖获得者。

## 郑倩
全国新概念作文大赛一等奖获得者。

## 猫吃带鱼
全国新概念作文大赛二等奖获得者。

## 盛之锴
全国新概念作文大赛二等奖获得者。

# Part 1 倘若不再想起你

倘若不再想起你 —— 文 | 翟露

沉睡 —— 文 | 猫吃带鱼

天际线 —— 文 | 旻皓

2375 —— 文 | 宋俊宁

## 倘若不再想起你

文 | 翟露

### 01

每次梦见你都是阴雨天。我不知道这究竟有什么寓意。我看着窗外阴沉无比的天空，脑海里全都是你的影子，恍惚之间，乌云好像也变成了你，在我头顶上飘来飘去——其实乌云并没有动，是我自己眼花了而已。翻开最近一条与你联系的短信，你说你在海南，过得很好。日期是去年的四月二十一号。好像只是一眨眼的瞬间，却已经过去了这么久。我自己都觉得不可思议，每当我快要把你忘记的时候，你的身影就毫无征兆地出现在了我的梦里。这似乎已经成了一种不断循环的自然规律。

我起身下床，穿上外套走出家门来到街上，不知道接下来应该去哪儿，于是就随便走了走，一不留神又走到了那个和你重逢无数次的车站。这么多年过去，车站始终没有变化，但站台旁等车的人却更换了一拨又一拨。我在原地伫立许久，一股冷风悄然刮过，风沙迷住了我的眼睛。我索性闭上了眼，聆听北风呼啸的声音，心里却五味杂陈。我想，这应该是我最后一次回忆你了。其实我早就习惯了一个人的日子，我已经不会再为你天天担忧，不会再为你夜不能寐，不会在听见你的消息时僵住身体，不会在喝多后念的想的全是你。其实我早有预感，你生来就不属于我。我们终究只是两条平行线，永远不会交错。

想这些的时候，公交车就来了，仍然是那辆103路。我上了车，投了硬币，找个位置坐了下来。我记得，以前的你总喜欢选择一个安逸的周末，在起始站坐上公交车，然后昏昏睡去。最后被司机叫醒，在终点站下车。好像一场梦过去，自己便穿梭了整座城市。是的，我都知道，这些都是你曾在日记里写的。那时的你曾受过伤、流过泪，很脆弱，于是你把内心深处全部的伤感与孤独转化为笔下的文字，再发表到博客里。我一字一句地认真读完了。虽然艰涩难懂，虽然无法理解你当时的心情，但我还是一一转发。我只是想，这样能和你的心更近一些而已。

我坐在公车上，忽然来了睡意。我想，那就顺其自然，让自己睡去吧，为自己创造一个梦境，就让我最后一次梦见你吧。我只是希望，这场梦醒后，关于你的一切，我再也不会提及。

## 02

我的家乡常年刮着北风，一年里有小半年在飘雪，小半年在下雨，而剩下的半年则是在等待北风把雨雪吹来的路上。我从小就习惯了严寒的气候，习惯站在冰天雪地里看白茫茫的雪景，而你和我不同，你说你出生在南方，小桥流水人家，气候温和湿润，你却总也不满意，你说自己不喜欢南方的委婉柔和，更眷恋北方的刺骨凛冽，于是你只身一人千里迢迢来到北方上学，把家乡的一切都抛在脑后。你当时问我这样做是否太过残酷任性，我只是对你微笑着沉默无言。那时候是十一月份，天空初飘落雪，碎雪缓缓地落在你的肩头，被我轻轻拭去，那时候我觉得，你做任何事都是对的。我的笑容就是对你全部的包容和理解。

你说你讨厌南方，讨厌那里的黏稠细腻，更倾慕北方的冷酷洒脱，但我一直觉得，你还是保留了很多南方女子的习惯的。你喜欢研究古诗词，而我却对此一窍不通。你常常对我说起你儿时的往事，我却全然不了解。但你喜欢沉默不语，这一点倒是和我相似。我们时常坐在一起默然相对，一个字也吐露不出来，但却没有丝毫尴尬，因为心底早已把所有温婉动人的情话说了一遍。你眼神里流露出的全是朦胧隐约的深情，时至今日，我回想起你时，那深情的目光仍然是我最难忘的记忆。你偶尔也有兴起感慨的时候，拉住我的手问我城市的风最终会吹到哪里。我说可能会继续向南吹，你却说不是这样的，风并没有走，它一直待在这座城市里。

这座城市太过聒噪，太多烦累，浮躁的女子接触得多了，脑海里也就只剩下了虚浮的纷纷扰扰。于是我更想与你独处。我以为，只要我们坐在一起，什么都不说，这便是世界上最美好的事情。但你说这些还不够，我们还要继续向北走，走到尽头为止。你说为什么天地之间要分南北，好像把世界劈成了两半，把所有恋人也都生生拆开。我握着你的手说我永远都不会离开你的，而你却笑着说任何话不要讲得太绝对。后来我才醒悟，原来我们终究还是不同的——你期盼着更远的远方，而我只想停留在原地，过平静安逸的生活。

## 03

夜深了，我刚回到家，还没吃晚饭，太累了也就不想动了。坐在沙发上发了会儿呆，想喝点水，拎起暖瓶才发现水早就喝完了，于是就给自己热了一袋奶。把奶倒进杯子里，放进微波炉，点开微波炉按钮设定时间两分钟。我记得以前你是不喝纯牛奶的，因为没有味道。你最喜欢喝的是酸奶或是咖啡，有时也喝茶。你喜欢搞怪，会在茶里放冰糖，也会在咖啡里添醋。我当时还指责过你怎么乱加东西，这样是不会好喝的，但你却笑我死板。你始终保持着不拘一格的个性，既活泼又任性，像个长不大的孩子。

我拿出热好的牛奶，有些微微烫手。我再次坐在沙发前，打开了电脑，随便点开了一场今天的NBA比赛。我们曾一起看过很多场NBA，你喜欢的是火箭队，最爱麦蒂；我喜欢湖人队，最爱科比。我们曾为两人究竟谁强谁弱争论不休，也曾为了一场重要比赛，凌晨四点就起床打开电脑守候着。但自从你离开后，我已经很久没有看NBA了。我知道看球赛只是一种习惯，一种和你在一起时的习惯，你不在，这种习惯也逐渐被我遗忘掉了。我点开的比赛是火箭对公牛，我还记得你最讨厌的就是公牛队，只是因为这支球队有过乔丹。你不喜欢乔丹，你说乔丹太遥不可及，就像天上的星星一样。我不懂这究竟是什么逻辑，不过也符合你的性格。我认真地看比赛，每进一个球就喝一小口牛奶。等到了下半场牛奶便喝完了。我就按下暂停键又去热了一杯。比赛结束，火箭队赢了8分。我想这个消息如果你知道了，一定会很高兴。不过这也只是我的臆想罢了。

我感觉很累，于是关上电脑，拉上窗帘躺在床上，想安稳地睡一觉，却又梦见了你。梦里的你也在看比赛，看的也是这一场，你一如既往地为火箭队呐喊助威。很奇怪，最近你在我的梦里一直很活跃。有时很吵闹有时也很安静，总让我感觉你就在我的附近，像和我玩捉迷藏一样，在某个街角或是车里偷看我，好像随时都会出现吓我一跳——你就是这样的一个存在，无论梦境还是现实，我总觉得在路口的下一个转角，遇见的人就是你。

我睡得太久，醒来时已经是中午了。拉开窗帘，一束霞光刺入我的眼睛。今天很温暖，没有风，没有雨，也没有雪，湛湛蓝天，万里无云。好久没遇见这样的天气了，于是我决定出门走走。在思考了很久之后，我决定去A城，那座陪同你一起去过的城市。

不过很快，我就打消了这个念头。

我想，你总是个闲不住的人，而我本是闲散之人，不愿到处奔波，但是也不愿看到你那张苦闷忧愁的脸，所以与你约定，我们每个季节就出门旅游一次。一年春夏秋冬，我们要逛够四座城市。A城则是那一年我们去的第一座城市。那里风景宜人，虽然也很冷，但是环境要比家乡好很多。我们没有带行李，两个人几乎什么也没拿，只是手牵手走在狭窄的街上，街两旁贩卖着琳琅满目的小商品，你东张西望，像个孩子一样。你说想买这个，想买那个，但是到了最后你却什么也没要。我们空着手回来，想来这也是一种遗憾。我当时还在心里念叨，下一次再来A城，一定要多买些纪念品。我站在车站外，看着川流不息的人群，茫然失措。我总感觉你会从车站里走出来，然后对我说一句："我回来了，给你带了礼物。"

　　我怅然若失地望着眼前的人群。很多人都拎着行李箱行色匆匆地从我身旁走过，把我衬托得像个漫无目的的闲人。时间过了很久，我意识到我该回家了，去A城的计划也无疾而终。是的，你看，我就是这样的人，没有了你，做什么都没动力，包括我们曾热爱的旅行。没有你的旅行，还有什么意义呢？

## 04

　　我这个人缺点很多，胆小就算一个。人生很多事都让我觉得可怕，最让我受不了的就是分离。无论是旅店还是车站，无论是一个拥抱抑或是挥别的手臂，都会让我觉得异常难过。所以，你还是理解我体恤我的，你与我不告而别，倒也免去了离别时我那张忧伤的脸。很多天以后，你才发短信给我，说你已经走了，说我不用来找你，说以后你会过得很好，说我们不合适，还说了一些其他的什么，我记不清了。你阻止了我看你踏上火车时的场景，省去了一声再见，留下的却是无尽的想念。

　　你看，欠你的那场告别，如今还是到来了。我对着偌大的火车站，对着这熙熙攘攘的人海，对着面前每一个经过的陌生人，说了一声再见。我希望这声再见能随风飘到你耳朵里，就当是我对你的告别了。以后我们能不能相见？我觉得还是会和你碰见几次的，毕竟我们也曾是同学，或许会在未来的某个同学聚会上偶遇。但那时我们又能说点什么呢？

也许会说句"你好",也许只是像过去一样沉默无言。

## 05

春天一到,公园里就挤满了小孩和老人。有的孩子在跑动玩耍,有的孩子在放风筝,而老人们则坐在凉亭里打牌闲谈。我也像个老头子一样,坐在树荫底下,安安静静地待了一下午。什么也不思考,什么也不忧愁,只是呆呆地坐在石凳上看悠远的风景。我知道自己为什么要坐在公园里,你肯定也没忘。这属于往事的范畴,原因简单得无须猜测。这是我们去车站的必经地点。我们第一次遇见就是在这儿。

大一开学当天,我们两人一起从公园入口进来,又一起从公园出口出去。一起走到公园外的车站等103路公交车,再一起上车。我上前与你交谈,当时公交车上只有我们两人。随口一问,我们居然是同一个专业的同学,现在正好都在赶往学校的路上。你诧异不已,向我介绍你自己。你说你来自南方……最后很自然地,我们互相交换了联系方式。而在接下来的日子里,我们之间也充满了巧合,你我常常能在校园相遇。有时在操场,有时在食堂,有时在图书馆里,有时也会在湖边。我们虽然不在一个班,但却遇见了太多次,有时我都难以置信,好像你随时都会在我身边出现一样。

那天傍晚,你主动给我打了电话,邀我去KTV唱歌。我到达地点,发现屋子里坐满了我不认识的人。你热情地招呼我坐下,给我一一介绍新朋友。这是A君,这是B君,那是C君……但我依旧觉得你最亲切。那一晚我并没有唱歌,而你却一首接着一首地唱。唱起一首苦情歌的时候,你不自觉地落泪，场面有些煽情，一些朋友来安慰你，你擦擦泪水又很快露出了笑容。晚上聚会散场，我送你回家。我们走在无人的小路上，暖黄的街灯渲染了整条长街，我问："你冷吗？"你说："有点。"于是我抓紧了你的手。随后我们拐进了公园，来到了第一次相遇的地方。我说："我会一直记得这里的。"你却笑笑说："任何话别说得那么绝对。"把你送回家后，我通宵地失眠，也不知道自己到底在想什么。

而现在想想，其实我从那时候就开始想念你了。这份想念太苦涩、太长久，久到不公平，我觉得自己委屈。我不懂爱情里的那些小伎俩小心机，我曾经以为爱一个人，只要专心对她好就足够了，现在才发现，原来我从一开始就陷入了被动的局面。如果所有的事情只有开头没有结局该有多好，虽然仍有不舍但也不至于心如刀割。你走时给我发的第一条短信，我还没有删。你说你已经在北方待腻了，现在要回南方看看。其实我当时就想立刻动身去找你，却不知道你在何地。我只为你哭过一次，说起来也是因为我懦弱。我收到你短信之后，就立马动身去了火车站。你知道吗？我的脑海里一片空白，几乎什么也没想，直到我风风火火地来到车站，才想到你并没有对我提及你的目的地。就这样，最后我还是没能留住你。

其实我后来是有想过的，我们也许根本不是一个世界的人。我只想要宁静的生活，而你却是闲不住的鸟儿，喜欢到处奔波。所以我还是没有给你打电话，也不会再去询问你的近况。我虽然胆小，虽然懦弱，但还是一个有自知之明的人。你走不久，我还以为我会恨透了你，这么多年的感情，都因为你的离去才不告而终。但后来我发现，我对你实在是恨不起来。无论怎样，我都无法去恨你，纵然你杀了人放了火，成为一个不折不扣的坏蛋，我还是无法去恨你。我知道这样说有点矫情了，但事实就是如此。你始终都是一个率性直爽的人，像脱了缰的野马。你有你的远方要去寻找，那你就去吧。和你在一起，这么多年，仔细想想遗憾的事倒也有不少，那就留我自己去完成吧。你在南方也不必担心我，我一个人，也能生活得很好。

## 06

你走之后，我常常一个人坐在窗边发呆。其实也没有在想你，而是想很多远去的往事。有时也会出去找几个朋友喝酒聊天，不过喝得多了也没什么可聊的了。想想这些年，我也没能交到几个知心朋友。平时的我沉默寡言，和我说话最多的人也就只有你了。而现在你走了，我好像一下子失去了很多东西，包括一些台词和语言。不过我知道，我总有一天都会习惯的。

仔细算算，这已经是我认识你的第六个年头了。

过了很长一段时间，你第一次给我来了电话。你问我最近好吗，我却什么都说不出来。千言万语，好像都拥堵在了心里。我慢慢地说："我挺好的，你怎么样？"你说你也挺好的。你听我没有吭声，于是继续说了下去。你一路向南走，走过了武汉、长沙，又走过了广州，现在停留在深圳，你在那座城市又认识了很多朋友，现在很好。你说你还想继续向南，想去看看大海，也想尝试一下蹦极和潜水。我听得快要哭出来了。我压抑着哽咽问你："那你还回来吗？"你说，你不知道。

你不知道，那就是不会回来了。不过，也无所谓，真的无所谓，能听一听你的声音，那就很好了。我骗你说，我有了新的对象，你却说你也是，刚开始是不敢告诉我。我当时一下子就释怀了，我说你要照顾好自己，早点结婚成家——后来我真的很后悔为什么要说这句话。你说你会的，说让我保重，后会有期，电话也就那么挂断了。

结婚成家。一想到与我结婚成家的那个人不是你，我就又难过了起来。让我保重，没有你，我怎么会保重。但我依旧一遍又一遍在心底对自己重复，无所谓的，你走了也好，反正都是你自己选择的路。我无非是再也不能想念你了而已。无所谓的。

## 07

最后我是被司机师傅叫醒的。他说，终点站到了。

这场梦做得太久，醒来的时候我头昏脑涨的。103路公交车的终点站在临近郊区的地方，我下了车，看看眼前的旷野，感觉已经把你走过的路又走了一遍。我想，我总算是把你忘得差不多了。你在我心里住了这么久，也该搬走了。六年多的时间，也该画上一个句号了。

倘若不再想起你，我就能生活得更自在一些；倘若不再想起你，我的心可能会轻松许多。真希望这个夏天能够长一些，再长一些，长到把冬天覆盖，长到把你的消息全部掩埋。直到凛冽的北风不再吹起，我也就不会再想起你。

## 沉睡

文 | 猫吃带鱼

现在已是凌晨四点半。男人双臂摊在阳台栏杆上，一只手夹着才被点燃的香烟，双目呆滞，视线并无焦点，嘴角有不频繁的抽动。没有风，他的头发纹丝不动，烟头冒出的白雾也没有肆无忌惮地乱飘，近乎直立而上。他注意到天边已经泛起微弱的白光。他保持这个姿势站了约莫十分钟，似乎丝毫没有对温度逼近的感知，仅仅是刚刚那一瞬间才感受到指尖被灼烧的疼痛。他松手扔掉烟头，看着它坠入空花盆里的湿泥土中，那里面还躺着不少发黑的烟头残骸。他似乎想把烟头种成一株植物。他终于直起身，腰部这时才有明显的酸痛。许久未运动且生活散漫无规律的他腰腹间已经略微有赘肉，那层皮下脂肪随着岁月逐渐变厚，却能完好无损地隐藏在他宽大的白色T恤里。他返回室内，拖着步子在客厅走了三个来回，借此消除不适感。他走进厨房，热了半杯昨天剩下的墨西哥黑咖啡，和着柜子里的白色药片一齐大口吞下。他感受到自己喉结的上下移动，听见与液体碰撞时发出的声音，它们应已经被冲进了胃里。此时虽是夏末，潮湿而闷热的时节，但手脚四季冰凉的他仍旧每天喝半杯热得滚烫的黑咖啡。这会让他觉得温暖，全身上下由内而外的温暖。

毫无疑问，他知道自己又做梦了。已经连续一周，每天晚上他都做相同的梦，一模一样的场景，人物，对话，结局，连她转身离开前夺眶而出的第一滴眼泪在脸上滚动留下的印迹都如出一辙，是从她的左眼角往鼻梁走约莫三分之一处开始，沿着脸的曲线流至下巴，没等它滴落到地上她便转身了。他静默地看着她的背影由漫不经心的远离到突然间开始奔跑，他眼里那辆来自于右手边的大卡车她似乎看不见，连轰鸣的发动机声响也被她忽略，于是她在他前面约十米远的地方变身一朵妖冶的红玫瑰，铺天盖地的花瓣似乎都特别喜欢他，它们飞过来拥抱他，直到他感到眼前漆黑呼吸困难———睁眼，他看见黑暗中天花板上的吊灯以一种审视者的态度居高临下，他额头密集的汗珠滚落，浸湿了枕头。

这一模一样的场景在他的梦里循环往复了好些天，只是梦里出现的那个女人，他始终未能记起她的脸。她是他认识的人吗？是他爱的人吗？自己爱的人自己怎会不认得呢？她似乎就像一种迹象，存在于他最为脆弱浅薄的潜意识里，从出现到消失都是匆匆，每天夜里在他的记忆里埋下疑惑的种子，随即转身走掉。他为这莫名其妙的梦境深感疲惫无力，但无法做到屏蔽而不受影响，他已经失眠好久了。

墙上挂钟的时针即将指向五点，还有一个半小时他就要出门奔赴新的一天。他工作的地方在距离家两条地铁线十六站的地方，他每天六点半从家出发,到楼下的摊位买奶黄包和黑米粥当作早餐,偶尔会是酱肉包和黄豆浆或者其他的什么。他没时间坐下来吃,也不喜欢在路上匆匆解决,于是便提着热气腾腾的食物挤地铁,从一号线换乘到四号线。每每他走到公司时塑料袋中的食物早已冷掉,没有微波炉,于是每天早上他就吃冷掉的食物。

七点的地铁早已人头攒动,整个城市像个巨大的熔炉,视线所及翻腾起伏的是人们无处可藏的倦容,耳边充盈着地铁在地下行驶时发出的令人不快的声响。灯光闪现,人们只需微微一抬头,定神半晌,便能看见玻璃窗上自己惨白无光的脸。有女人涂上鲜艳的口红,脸颊扫了几笔淡淡的胭脂,试图让自己看起来精神一些,只是厚重的眼袋根本无法在脂粉下销声匿迹,也许她们是知道的,但很多时候自我麻痹比真相更重要。在地铁里无须手扶把手,人太多,太安全,他不会因过于疲乏而没站稳导致摔倒。在这二氧化碳浓度极高的人群密集的场所,他常常感到眩晕,为这黑压压的人群和玻璃上映出的陌生的别无二致的脸和浑浊而厚重的略显温热的空气,他甚至不止一次地觉得自己下一秒就能睡着。只是当他这么以为的下一秒,却被脑中刹那间闪过的昨晚飘荡着红玫瑰花瓣的梦境怔住,随即睡意全无。

他觉得有些累,自己无论如何冥思苦想也记不起她的脸,明明这多次的重复让他连细节都在意得这样刻骨铭心,却依旧无法辨别。他暗暗地意识到,若不能真正地知道她,这个梦应该不会消失。他并不愿意长时间莫名其妙地失眠,这是在消耗生命。但一想到自己对此着实无能为力,毫无信心的他似乎更累了。

他在拥挤中艰难地抬起手,拉开公文包最外层,以一种奇怪的姿势摸索着那一小瓶装有白色药片的塑料容器,再单手完成把瓶盖打开、把药片抖入手心、将其扔进自己的口中这一连串动作。这时他只需要用舌头稍稍用力便能够让药片顺利地随唾液滑入食道，不喝水也能吞下去。他常常为自己这一套连贯而标准的动作沾沾自喜，长期训练下养成的习惯是别人一时间难以学成的，他能让自己在哪怕如上班高峰期时候的地铁这般拥挤的环境下仍旧可以顺利地服药，这样的自救往往及时有效。他目前还没遇到第二个和他一样能够做到这般地步的人。

想来自己也许太过勤勉，持久的兴奋需要用药物来控制，他不想在不是家的地方倒下——因为他知道这样的倒下和尚有意识的踉跄完全是两码事，这样无意识地倒下就算有再多人推搡阻挡也无法敌过地面对他的吸引，他终会沉重地与地面碰撞，只是这细微的声响会在地铁的隆隆声中全身而退。这时候没人愿意把倒下的他拉起来，他们不愿意弯腰，不愿意伸手，这样的行为在这般拥挤的环境中会给自己造成诸多不便，他们自觉已经尽力了，如今只能尽量不去刻意地踩他的脸，至于究竟有没有踩到却并不关心。他不愿意自己置身于那样尴尬的境地，若真的发生，他也无法仅凭一人之力重新站起来，他只能保持那个姿势直到车厢稍稍空一些，这样至少要等到两个小时之后，但他无法保证自己不会在这无数黑色的裤腿中和缝隙中漏过的灯光下沉沉地睡去，可能永远也无法被唤醒。

他手心开始出汗，手上还提着刚才买的早餐。他微微抬起头看了看指示屏，还有一站他就要下地铁换乘了。现在七点三十四分，离正式上班时间八点半还有接近一个小时，足够了。他皱了皱眉，恍惚间脑中又闪过梦境里的那个女人。不知为何，他只对她的泪和那飞奔而来的玫瑰花瓣记忆犹新，他突然间感到极度不适，心跳加速，开始慌张起来，也许是太过拥挤导致脑供氧不足。没关系的，他对自己说，因为耳边已经响起"前方即将到站"，那冰冷的声音成了救命稻草一般的存在，他嘴角微微上扬，像极了手术台上终于被挽救回来的人的模样，苍白却充满希望。

他感觉到地铁的减速，他注意到周围有人和他一样跃跃欲试。此时此刻他极度渴望开门的那一刹那从外灌入的风，他可以张开嘴，这样可以捕捉到尽可能多的风，从而得以回归清醒。三、二、一，他心里默默念到，地铁停了。车门打开，他感受到了难得的凉意，他知道自己在笑，他竭尽全力推开人群接近那扇门。门外尚有黑压压的人群正拼命挤进来，人们的脸似乎都有严重的变形，歪歪扭扭，个个都带着凶恶的神情，像兽。他们模糊而恐怖的影子叠在一起奔涌而来，这似乎是一场战争。

他沉默而兴奋地跟在要下车的人的身后，纵使自己疲惫得毫无力气，但仍旧以杯水车薪的力量推动着要出去的人。他感觉到流通的空气将他拥抱，虽然其间混合着正铆足了劲想要挤进来的人的各种各样的气味，但这微薄的空气足够让他清醒和兴奋了，这明显比药片有用。他努力地逆流而上，那个门明明那么近却又那么难以接近，他的额头布满汗珠，但没关系，他马上就可以离开这个闷热闭塞的车厢前往下一个也许会宽松一些的车厢，从而到达他的公司楼下。一切都会顺利的。

门似乎是悄无声息地关了。他甚至没有听到关门的警报声。车门玻璃就在他的眼前不过十厘米的地方，他的脚明明还差一步就能迈出去。没有任何征兆，门阻隔了他和站台。此时他还沉浸在那些变形的人脸上或愤怒或惋惜的神情中没回过神来。地铁开始缓缓移动了，告别了站台，他被须臾间出现在玻璃上的自己的脸吓了一跳。没有了站台的灯，地下隧道的黑暗让他清晰地看到了自己皱成一团的诡异的脸，他此时才意识到自己沉重而无可救药的失望——就像是被困在井底的人期盼着有人搭救自己，却被从天而降的巨石压得面目全非。他明明可以大舒一口气，却被迫地咽了下去。他从未听到过自己吞咽东西时发出过这么大的声音，明明地铁里比家中喧闹那么多，但那声音异常清晰。

他又伸手进包里摸药，他试图自救，不安的情绪让他的手一直抖个不停。他顺利地拿出了药瓶，但他无论如何也没有把药从瓶中抖搂出来。他开始焦躁，往药瓶里瞥了一眼，发现里面空无一物，之前的那几片药即是最后的救赎。他被无限的失望填满，甚至觉得一切的一切都变得让人愤怒。他厌恶手中冷掉的食物，它们明明可以被认真对待。他厌恶早上拥挤的地铁和匆忙的路，每个人的神经都高度紧张，生怕耽误了自己的行程。他厌恶车厢里的异味，乱七八糟的味道混合在一起发酵让他想吐。他厌恶自己是个必须通过药片来维持清醒的可怜男人，否则他的幻想会吞噬他。他把头低下来，不想看见自己扭曲的脸。

地铁仍旧发出沉重的声响，光仍旧苍白地悬在头上，人们仍旧沉默地互相推搡较劲，脸上却一副百无聊赖的恶心模样。他想对这令人极其不快的人群破口大骂，为何不让他顺着稻草获得救赎，为何非要夺走他的希望，为何这般死气沉沉才是最为正常的模样。只是这一切都被他堵在了喉咙，他生硬地咽了一口唾沫，紧缩的眉头终于散开了，他闭上眼，不再管是不是会倒下。他开始睡去。

他又做梦了，还是那个梦——一模一样的场景，一模一样的故事，一模一样的女人，一模一样的泪。女人在同样的时刻同样的地点转身，他依旧站在原地看着她离开的背影，直到她奔跑起来和从右手边飞驰而来的大卡车相遇，她仍然变身成为无数热烈而妖冶的玫瑰花瓣，漫天飞舞，席卷了他的世界。这次他没有惊醒，他被玫瑰花瓣包裹成茧，被吞噬在这血红色的黑暗之中。他蜷缩成一团，开始像个孩子一样放声大哭起来，玫瑰花瓣和他一齐不停地颤抖，整个世界都在颤抖，他的哭声回荡在红色的世界里，似乎永远也不会有停歇的那一天。

他终于醒来，睁开眼看见妻子安稳地躺在他的身边，发出淡淡的呼吸声。他用力地抓住她的手，她被这突然间的动静惊醒，微微皱眉，问他怎么了。他说自己做了一个奇怪的梦，梦里自己是个要靠药物维持神经正常的男人，最后被困在了玫瑰花瓣堆成的梦境里，还有一个记不清长相的女人被车撞了无数次……他试图把一切说得尽可能简洁明了，他希望她能明白自己的不安和困惑，他只想确认她在身边。

他话音刚落，她开始笑起来。那笑声逐渐热烈起来，久久地回荡着，填充了整个房间，似乎他的所有神经都在笑声里慢慢开始舒张，似乎房间里所有物件都随之愉悦地摇摆着。他为这笑声着迷，慢慢地闭上眼。这笑声对他来说无疑是良药，渗入他的皮肤，直逼他的心脏，他紧张的情绪开始舒缓，慢慢地变得心安。似乎自己的生活也没有那么糟糕，似乎世界还算善良，只要她的笑声还在，他便可以拿出磅礴的勇气去面对，哪怕只是一个梦，哪怕只是一场如泡沫般虚无的幻觉。他再睁开眼时，笑声骤停，他目睹自己的怀里是一捧丰盛热烈的玫瑰花瓣。太美妙了，他感叹着。在玫瑰浓郁的香气中，他怀念着妻子的笑声，安稳地睡了过去。

他再次开始做梦，面对这一成不变的情节他却前所未有地兴奋起来。他知道在那个女人转身的前一秒，他终于记住了她的脸。明明一直在记忆深处，为何就是想不起呢？他微笑，静候这漫天翻滚起伏的玫瑰花瓣热情似火地席卷而来。那一刻，他不愿再醒来。

# 天际线

文 | 旻皓

## 01

夏天漫长得让人困倦。

城市笼罩在明媚的白光里,只在潜意识中存在的那些嘈杂蝉鸣,似乎就在城市正上方一遍又一遍地回响,永远都不会终止。这种声音使人乏力,也使人怀旧。

一转眼的工夫,脑海中的蝉鸣不知在哪天消失了踪影,你一个恍神,从午睡的躺椅上惊醒,眯起眼睛看看窗外茂盛的树冠,发觉世间寂静无比。

天空飘落了一枚金黄色的落叶,让你恍惚地以为是只蝴蝶。从那天起,整座城市就弥漫着一种萧索的气味,温度开始慢慢下降,冷空气像流水一样寻找着每一个罅隙流淌。它钻进人们的衣袖里,钻进厚厚的围巾里,钻进草丛，钻进房子，钻进鼻腔，钻进眼睛，钻进每个人寂寞的内心。仿佛剧场里的场景变换，上一出戏已经演完，更替而来的，是愈发悲凉而又恍惚的秋景。几个眨眼的瞬间，地面开始出现深深浅浅的裂纹，风吹走了绿意，带来的是无穷无尽的荒芜。

看起来永远闹闹哄哄的城市，也随着秋天的降临，慢慢安静了下来。人们会沿着江边散步，看苍凉的秋风将沿岸数百年的建筑吹得愈加苍老，逐渐吹成一座又一座饱经沧桑的遗迹。每一栋刺向天空的摩天大楼都闪烁着丝丝冷光，远远看去，就像是一把把利刃，顽强地对抗着苍穹。光芒掠过每一座大厦，也照耀着即将逝去的名胜古迹，送走一轮衰败，同时也在宣告着崭新的诞生。

世界明亮了起来，然后过了很长一段时间，又不甘心地黑了下去。

阵雨来临之前，天空仍是混沌一片。黑压压的一片乌云积涌在天际，遮天蔽日。云朵小如奔腾野马，大如群山峻岭，以排山倒海之势，挟风裹雨，霎时间雷鸣电闪，荡尽尘埃。在一阵风起云涌之后，骤雨瓢泼而下，却又点到为止。雨水在人间只是过客，天地间仅剩潮湿的空气。

这样的阵雨时常会在不经意间到来——在人们闲暇的等车之际，或是人们忙得焦头烂额之时。

## 02

十月秋凉，一场秋雨带来一阵寒风。

而秋天，又很快地过去了。

冬季刚刚来临的时候，天气依旧阴沉，城市整日笼罩在巨大的灰色幕布下。湖面上已经结了一层薄冰，睫毛上隐约的沉甸感一直存在，眨眨眼睛，世界就像万花筒一般变化了万分之一。

城市中心是一片最寂寞的区域。灯火辉煌、声声汽笛的背后，是一望无际的雪白。地面上一个接一个仿佛上古洞穴般的深坑里，插进了锋利而又粗壮的钢筋铁骨，每一个地基都将在未来建设成摩天大楼，但此刻，它们也只是一个又一个仿佛被泪水砸出来的深洞，是沉默的，也是冰冷的，代表着这片土地上全部曾经残存着的呼吸。

在远方，无数座高楼在数年间拔地而起，再次刷新整座城市的天际线。无数人离开这座城市，又有无数人到来。人们其实想了很多办法，来让这个冰天雪地的季节，显得不那么冷酷。人们带来了圣诞节，也带来了彩灯，带来了拉雪橇的麋鹿，也带来了圣诞树，以及圣诞老人和他总也发不完的礼物。大街小巷全都挂满了各式各样的剪纸和街灯，在城市的每个角落总有圣诞铃铛响起。人们也因此欢乐了许多。

而在每一个冬日的清晨，仍有无数的人裹着厚厚的羽绒服，露出一张或忧愁或麻木的面容，钻入地铁口或守候在公交站。他们怀里夹着公文包，手上端着纸杯咖啡，静静地等待着下一班车。他们不想说话。他们的目光里全是冷漠。

## 03

就这样，一年结束了。再往后，大地回春，万物复苏。

春节来临,很多人都放了假,欢天喜地地回家过年。对于这样一座流动人口居多的大城市,每当春运时节,火车站、汽车站,乃至飞机场,都挤满了归家的旅客。

于是,城市在那些五光十色不断流转变幻的霓虹灯的照耀下,显得愈发凄凉了起来。曲终人散,人们都回到了自己真正的故乡。

在他们的故乡,没有城市里那些交互盘旋的立交桥,没有高耸入云的摩天大楼,也没有紧密奢侈的豪华住宅区。没有大型IMAX影院,没有迷幻的歌舞厅,没有通宵营业的KTV,没有宽阔而又漫长的柏油马路……

但是,故乡却有清澈见底的小溪,有溪水里游来游去的鱼虾,有清新的空气,有温柔的云彩,有长满杨树的乡间小路,有红砖墙堆砌而成的平房,有正在厨房洗菜准备年夜饭的亲人。

大城市仍是孤独的。因为所有人的心都不在这里。他们冷漠,他们无话可说。因为,这里不是故乡。

## 04

这座城市太过吵闹。每一个渺小的声音,都被未知的轰隆隆的巨响覆盖。

我听他说,他来这座城市已有十余年,十年说长不长,说短不短。刚来那会儿,他住在外环,在十年前属于荒无人烟的郊区。不过五六年以后,他住的地方离市中心已不算远了。又过了五六年,就是如今,他住的地方已经成为市中心之一。现在的地价太贵,城市一年又一年地扩建,开发了很多荒野用来建房子。每一个早晨，真的有很多很多的上班族，起一个大早，在快餐店解决完早餐后，立刻挤上地铁，或是准时守候在公交站，消耗整整两三个钟头，赶去市中心上班。城市里的人实在太多，车辆也很拥挤，但每年还是会有很多人从外地往这里赶。不明白那些人是怎么想的，也许大城市真的有一种与生俱来的魅力吧。他觉得，这种魅力近乎一种诅咒，有点吓人。

他坐在时代广场中央，放下报纸，看着眼前来来往往热闹非凡的人群，想起了自己第一次来到大城市时的场景——他蹑手蹑脚地走进地铁站，在工作人员的辅助下买了车票。到站后，他从地铁口钻出来，来到地面上一看，周围满是密密麻麻的人和车，堵得水泄不通。广场围了一圈高楼大厦，比他这辈子见到的高楼加起来还要多。真吓人，他心里这么想。以前只在电影电视剧里才能看到的场景，现在却每天在他眼前上演着。

所有的人，都是一副漠然的表情，携带着自己的行李，迈着沉重的步伐，急匆匆地往前赶，或是回家的路上，或是去上班的路上。所有陌生人都少言寡语，惜字如金，好像遵循了某种隐秘的规律。

还好，他现在已经习惯了。回顾自己在城市生活的十来年，有辛酸也有快乐。他说，这大城市哪里都好，就是物价太贵，这一点远远不比自己的老家。在大城市，两百块钱根本就不够花的，不装个五六百都没办法出门。而在乡下，两百块钱足够一家人吃上几顿饭了。

他说完，见我坐在一旁默不作声，便又看起了报纸。过了一会儿，他站起来向我告了个别，转身走入茫茫人海中。

## 05

这里是哪儿？

我也不知道。

也许是北京，也许是上海。

也许是广州，也许是深圳……

也许哪儿都不是。也许这只是你想象出来的城市而已。

## 06

那天城市里又下起了滂沱大雨。无数繁杂的雨点从天空中坠落，像一锅凉水直接浇灌在人们的头顶。雨水一连持续了好几天都不停。我有时很讨厌雨天。其实很多人都很讨厌雨天，因为雨水把人们困住了，造成出行不便。但有时我又很喜欢下雨天，看着窗外，缥缈的雨景就像一幅饱含诗意的油画，既淡然又略带一丝忧郁。其实这个城市还是需要雨水的，因为它需要滋养生命。树木与草坪在雨水的不断冲刷下，重新焕发绿油油的生机，比干燥的时候看起来好太多了，雨水来临之前，它们就像是随手安放在路边的塑料制品，上面落满了尘埃，摸起来也不舒服。也只有在大雨过后，它们才能展现出活物该有的样子。

道路两旁的杨树在雨水的洗刷下恢复了往日的生机。草地、公园、苗圃、绿化带，很多奄奄一息快要枯竭的植物，都在大雨的浇灌下迅速成长了起来，也鲜活了起来，成为城市里一道明媚的风景线。摩天大楼的玻璃窗在雨水中反射出湿淋淋的绿光，城市被渲染成了另一种格调：在雨季的衬托下，城市多了一份婉约，也少了一点残忍。它将自己的凶狠暂时隐藏了起来，隐藏在朦朦胧胧的雨滴里，隐藏在辽阔的灰蒙蒙的天空中。大雨持续地冲刷着城市里的恨意，人们眼中的那团火，似乎一下子就被浇灭了。

## 07

每当夜晚来临的时候，城市就变得灯火通明。每座大楼上都安装着数不清的窗户，一扇窗户亮着一盏灯，每盏灯都代表了人心中的一种欲望。

一场呼啸的大风经过，把一阵前所未见的降雨带到了这座城市。连续几日雨水都没有停下来的迹象，不过并没有带来什么隐患，城市里的排水系统非常发达。数十条地铁线路组建成了错综复杂的地下迷宫，地铁站似乎没有受到强降雨的影响，冷冽的空气和淡淡的白色灯光看上去与往常一样。地铁依然平稳而又沉重地运行着。

但是，还是有很多人躲进了屋子里，不再出门。大风像一位疯狂向前奔跑的巨人，挟带着寒冷与潮湿，一头钻进城市的缝隙里，猛烈地摔在每扇窗户上，痛苦地咆哮，似乎在叩问着人们的欲望。

每扇窗前，都有一双惊恐的眼睛，朝外窥探着这个世界。

## 08

城市里的每一栋建筑，似乎都有它存在的意义。银行、金融中心、豪华酒店、商业街、娱乐城、夜总会……一幢幢建筑仿佛傲慢孤独的堡垒，彻夜闪烁着独属于它们的霓虹。想象一下这样的场景：你乘坐着夜航巡逻的飞机，从城市上空穿行而过，远望着身下绵延数百平方公里的灯火海洋，成千上万针尖般的光芒拼凑成完整的图案，这边几千盏灯灭掉，那边几万盏灯又瞬间亮起，仿佛是个鲜活的生命在做均匀的有规律的呼吸。你在城市上空惊诧不已，眼前的景象就像一幅气势磅礴的画卷，你看着脚下密密麻麻犹如蚂蚁般的人群，感慨万千。于是你不由自主地联想到了自己，想起自己其实就是这茫茫人海中最渺小的一员，毫不起眼，极度渺茫。

但是你仍然感到非常满足与快乐。天上的星星固然耀眼，但却只能始终被人监视着——被这座城市监视，被整个大地监视，一举一动，尽收世人眼底。

有时你也会感到沮丧。你想到自己曾经站在窗前，看着窗外灯火斑斓的世界，心中填满绝望时的场景，曾经竟萌生过纵身一跃的冲动——但你还是劝慰自己，不能这样做，因为自己还有很多事未完成。自己还不能死去。

于是，我们都在努力地生存。在这片由钢筋铁骨打造的森林中，在这片流金的地域里，每个人都在努力地活下去。

## 09

最后留在脑海里的，只有一片杂乱的嗡嗡声。

秋风拂过江面，新的日月从地平线升起。人们从梦境中苏醒，再缓缓睡去。

一轮又一轮的文明,在这片广阔无垠的大地上,逐渐崛起、发展、繁荣,继而湮灭。

站在最高的楼顶上,眺望整座城市的天际线,每次都有一种不同寻常的感受。你眯起眼睛站在城市最顶端,感受着四季变换,万物生长;春夏秋冬接连瞬息而过,雨水降落却又戛然而止,风瞬间吹红了眼眶;一入夜,城市的霓虹便斑斓炫目,像是一场盛大华丽的表演。一切场景都以快放数十倍的形式在你眼前进行。这时,你轻轻地按了一下暂停键,世界便慢了下来。

——可是你仍然没想起,这究竟是哪一座城市。
——一转眼,你却已经在这儿度过了许多年。

# 2375

文 | 宋俊宁

谨以此文献给曾经心心念念的台北。

还有你。

## 01

飞机缓缓上升。舷窗外，是一片深邃无际的天空，透过沾灰的玻璃，我注视着机身下湛蓝的海水和渐行渐远的海岸线，脑海中你的残影忽闪而过，犹如酒后断片的记忆一样模糊不清。这时，机体兀自飞进了厚实的乳白色云层，颠簸如行驶在泥泞山路上的公车。

偏过脸，是微眯双眼，安逸熟睡的你。一束阳光温柔地穿过云层缺口，照亮了你颧骨周围的一寸肌肤。我抬起微痛的头，环顾四周，周围是诡异的空荡的机舱。我闭上眼，努力想记起你何时回到日本，回到了我的身边，以及我们此行飞往何地。可脑袋突然像是丢失了重要的齿轮，一阵生疼，什么也记不起。

再望向窗外时，机体附近不知何时弥漫起令人心悸的雨云。俯瞰，原本宝石般清透的海水也不再澄净。闪电在机体不远处冷不丁炸响，像是酝酿已久的，有如天空的裂痕，明亮又清晰，机舱里的照明灯"唰"地熄灭，取而代之的，是应急灯在过道顶上忽闪。

莫名的恐惧和不安刺激着神经，令我周身难过。摸索着想握住你的手，可是没有。扭头，你的座位空空荡荡，连椅套都是平滑无折皱的。我站起，急切地搜寻你的身影，却只看到忽明忽暗的机舱。

沉滞间飞机突然急速下降，像是失控的过山车，没有余地，义无反顾地冲向海面。刹那，灵魂妄图摆脱躯体的束缚一般，身体轻飘起来，使我后背发毛，不寒而栗。彼时你的残影在脑海里变得深刻，我想起了与你的悲欢离合，想起了那些抽噎时流下的泪水，也想起了，你独自别离的背影。

原来三年悸动、五年之痛，当真敌不过七年之痒。

你丢下了我以及那些被搁浅的梦想。

你说我会在你后半生的日子里长生不老。

所以我在这里，你在哪里？

机舱。应急灯光愈渐微弱地忽闪，视线所及，除了这诡异的一切便是无尽的黑暗。机体尾部忽然传来一声沉闷的爆裂。我将颤抖的双手合十，捂住胸口，大脑一片空白。

## 02

"叮——"

闹铃响起的时候阳光刚好照上额头。

擦去脸上的虚汗,我伸手拍停闹铃。习惯性地想叫醒你,可只看到空荡荡的另一半床。撑着昏昏沉沉的头,脑海里依稀浮现出昨夜的梦。我这才想起,你早已离去。

忍着恶心,梦游般走到洗漱间。镜子里是蓬头垢面的自己,惨淡的脸色,在白炽灯下毫无生气,活像个女鬼。我抓起一把凌乱的散发,不禁无奈干笑:你若看见又该骂我邋遢了。

简单地洗漱过后,我回到房间收拾行李。冬日的阳光透过窗帘间隙照进公寓,却没有暖意。我整理好写字桌旁成堆的稿件,开始整理杂物。琐碎的杂物收拾起来比想象的费劲,我穿着单薄的秋衣在湿冷的公寓里来回走动,抬头瞥到枕旁你送的公仔,拿在手里,它笑得那么天真,没心没肺,就像一年前的我和你。我把它塞进背包里层,拉上拉链,回身,顺手拉开乳白色窗帘。阳光从樟树枝梢间倾泻而下,泼在地板上,把整个小屋照得通亮。台北此时应该也是阳光明媚的吧,我想。

整理好背包,我环顾这间陪伴我们一年的公寓。自你走后,也无从留念。走进逼仄的长廊,轻合上门。

可能再也不见。

拉着来时的行李箱,我漫步在中唐人町与你走过无数次的老街上。

绿荫下，我仰起头，流云皑皑依偎在如洗的天空中，微凉的风毫不温柔地奔跑而过，与我迎面相撞。一侧是错落有致如来时一成不变的素色民房，一侧是四季常青参差不齐的葱翠香樟，穿行其间，眼前忽有种宫崎骏动画里的诗情画意。一千三百多公里，是横跨东海的长度，远在大洋彼岸的你是否念念不忘这座日本九州的小城。三个月来，我始终无法体会你离开时的心情，独留我一人在异国他乡，你是下定了多大的决心。

　　俯仰间，我不知不觉走到了町站，环线有轨电车顺势而来，缓缓停在町站台前。电车饱经风霜的车身满是灰尘，掉漆的边棱泛着橘黄色锈迹，我想起了大学时我们常坐的那辆环线公车，那个你口中的老掉牙的家伙，此情此景，身边却没有了你的陪伴。我苦笑，提着行李走到末排的靠窗位坐下，透过积了厚厚灰尘的车窗，可以看到飘落的凋零的枯叶和寂静的街道。电车开动，一幅幅熟悉的画面倒退着滑过，仿佛一段陈旧的胶卷，回播着声音和影像，还有这一年来的悲欢离合。

　　电车转过中唐人町最后一个街角，店铺间，一家装修质朴的拉面馆出现在视野里，偌大的面店门可罗雀，老板背着手在路边百无聊赖地抽烟。阵风掠过，吹起成堆的落叶，恍惚间，我像是看到了去年秋天初来乍到的你和自己。

　　那时初秋，九州的天气不如台北温和。我们手拉手，穿过凄清的街道回住处，转角遇见了这家拉面馆。你玩世不恭地说要吃光身上的零钱，踌躇半响，点了两碗猪骨拉面。店外萧瑟的秋风吹起一地落叶，鲜味十足的汤面下肚后，你满意地打了个饱嗝然后咻咻地笑。和蔼的老板给了你我这两个异乡人一点优惠，500日元的餐费只收400日元。付了钱，你连忙用日语道谢。

出门，你温柔地搂住我。简明的街道两侧落叶纷飞，霓虹灯光划过的脸颊和怀抱一样温暖。我问你会不会一直陪在我身边。你突然笑了出来，用结实的手轻拍我的脑袋，叫我不要胡思乱想。

"嘀——"一声聒耳的车笛把我游离的思绪拉回身体。回过神，是电车驶进了闹市区。前方不宽的柏油路上人流穿行，车流涌动，却并不喧嚣。周围同车的九州居民说着口音很重的日语。我想象你初回台北时的情形，是不是也像这样觉得一切熟悉又陌生，是不是和我一样孤身一人。这里没有台北亲切，也没有台北温暖，却比台北多了一丝清静，多了一丝平和。

约莫十分钟，电车在新町站停下。周围一排排整齐的小楼陌生得突兀，下车，查看之前联系好的家庭旅馆地址，依着手机地图，向民宿深处走去。

新町的居民区较中唐人町多了一丝宁静。我跟着导航走进一条干净幽深的小巷，在挺拔的香樟和其他不知名的树间，看见一栋坐拥着古朴小庭院的素色矮楼。核对了地址和门牌，我推了两下栅栏。一个皮肤白净，浓眉大眼的女孩出来应门。她穿着一身传统的颜色鲜艳的和服，脚上是一双木屐。红装素裹，浓妆淡抹，乍看俨然一个标准的日本女性。她拉开半锈的院门，用不标准的中国话跟我打招呼。

"你好。"我点点头。

她动了动眼皮，让我叫她玲子，又微笑着上前接过我手中的行李箱，乌黑的瞳仁里闪着光，真是漂亮。

简单登记了信息，玲子热情洋溢地向我介绍这间家庭旅馆，她的语气欢快，谈笑间眉飞色舞，没有传统日本女人的严肃和保守。她拎起行李，带我去二楼看准备好的房间。我小心翼翼跟她踏上老旧的栗色木质楼梯，在鞋底接触梯面的一瞬间，心中感到莫名的踏实与坚硬。玲子告诉我，这座房子是她祖父留下的，到现在为止，有八十多年的历史了。我伸出手指轻触墙面，时间的涤荡在指尖留下蹉跎的质感，我不禁怀念起台北的外婆和那间海边的老屋——经历了近一个世纪的风雨飘摇，仍然屹立不倒，翘首眺望遥远的未来。

上到二楼，走廊墙壁上是锈迹斑驳的武士刀，浓墨重彩的富士山壁画边角泛着微微的黄。这里的一切看起来都是那么古老，在幽暗的走廊间，梦回天皇时代的画面蓦然浮现在眼前。玲子送我到走廊尽头的房间门口，嘱咐两句便转身下楼忙活。推开房门，房间简朴，大方，纤尘不染。我放下行李，拉开素色窗帘，庭院外几棵翠绿的香樟被来自东海的风吹得窸窣作响，把头探出半掩的窗，干涩的风毫不留情划过脸颊，不如台北温柔。

扫了兴一般，我退回房间开始整理行李。玲子再来的时候，我正趴在原木书桌上写稿，大学时学习的日语专业使我可以轻松写出日文文案。抬头喝了口水，看到玲子慢慢拉门进来。

"在忙吗？"她提着声音，怕打扰到我。我告诉她，我在写稿子。她张大了嘴，转而又问我是不是作家。我摊开手撇着嘴说："我只是个写手，还是不入流的。"不知道日语中写手和作家的发音有什么联系，玲子低头瞥了眼桌上的文案，仿佛没听到我的回答，又问了一遍："你是作家吗？"

"是写手。"我纠正她。

"你喜欢川端康成吗？或者，村上春树？你应该看过他们的文章吧？"

"喜欢，都喜欢。"喝了口水，我一脸真诚地望着她，"但我更喜欢村上春树那种淡淡的忧伤。"

"我能看看你写的东西吗?"她认真地与我四目相对,瞳孔深处闪着光,神似只好奇的猫。推辞不掉,我告诉她还只是草稿,想为自己拙劣的文笔找点借口。玲子满脸热诚地坐了下来,像个用功的小学生一样认真地翻看着。

我起身,下楼吃饭。等再回到房间,玲子早已回房休息。整理完桌上乱糟糟的文案,身体忽感疲惫,我掏出手机索性躺在昏黄的夕阳下听起歌来。

你知道吗,在没有你的日子里,我学会了自娱自乐,我学着你的样子慢慢地品味歌。从《富士山下》到《下个星期去英国》,从陈奕迅到陈绮贞,你喜欢的我在努力喜欢,你不喜欢的我也不会喜欢。我知道自己什么都没有,满身疲倦,风尘仆仆,除了一个行李箱和一个沉甸甸的灵魂,一无所有。现在的我改变了很多,但在心里,你还在那个角落。

你会回来的,对吧。让我抱你,好吗?

沉思着,你的背影在脑海里愈渐模糊。我摇了摇昏沉沉的头,下楼洗澡。

在楼梯口遇到刚忙完的玲子,她撑着扶手满脸倦意,看到我又突然抖擞起来。玲子问我来自中国哪里。我告诉她我的家乡在台北。

"啊,好远啊。"她像欧巴桑一样莫名其妙地感叹。我点点头。她踌躇了一下,又好像突然想到什么,"啊,那些稿子我看过了。"

"哦?"我来了兴趣,"怎么样?"

她松开扶手:"说实话,没什么不好,可我不喜欢这样的文字。其实你可以试着学习康成君和春树君,他们的文章大家都很喜欢。"顿了顿,她又说,"嗯,你不要不高兴,熊本有很多杂志社的,你可以投给他们试试看呀,对吧?"

"嗯。"我努力挤出一个干瘪的笑来回应她,心里像是打翻了数坛陈醋,无限心酸。

"那我先去洗澡。"

玲子点点头,叮嘱着我热水器的使用方法,我冲她微笑,走下楼梯。

浴室里,我合上门,褪去衣服。拧开水龙头的瞬间,温热的清水夹杂着生涩的眼泪流过脸颊,滴进瓷砖,迸溅出一朵朵失意的水花。

其实我知道的,我都知道。我知道自己写得不好,我知道这狗屁梦想荒唐。天真地坚持了这么久,到最后还是如你所说,梦想只能用来仰望。但如果梦想变为尘埃,我会乐意它被海水斑斓覆盖。只是你毫不留情的否认让我心有不甘。你知道的,我无法对自己的失败视而不见,也当真说不出一句虽败犹荣。

偏执的我你懂,可你不说出口。

坚决地离开我,你会不会难受。

## 03

一年前台北西门町,你在龙山华西夜市为我庆生。抹着油腻腻的嘴,我喝下最后一杯生啤,你严肃地望着我,眼角却又流露出一丝温情。你问我有没有想要实现的愿望,我沉思了一会儿,在斑驳陆离的霓虹灯下牵起你的手,凑到你耳边说:"我想去日本,我想当作家,我渴望一场说走就走的旅行和奋不顾身的爱情。"你沉默半响，说："好。"

一周后，台北立秋。你不容我反抗，义无反顾地提上旅行箱和我，飞往九州。飞机缓缓升高，越过绵延的海岸线。我清晰地记得那一刻：机舱里，我扭过脸看你，你合着眼，悠闲地在听你的陈奕迅，脸上露出一丝不易察觉的微笑。那时，我离你不过一指的距离，连你脸上的毛孔都看得一清二楚，那般清晰，仿佛秋梦一场。

就这样，我们离开了台北，来到九州，在熊本的中唐人町住了下来。在这里，我开始追梦，信心满满，志在必得。

可现实中的梦想终究是讽刺的。我殚精竭虑想征服它，它也给我希望，任我接近。但最后，当我站在它面前，我才发现——自己不过是撼树蚍蜉，根本斗不过它。

你拿着我的稿子在九州的出版社间徘徊，满怀赤诚的心在一扇扇紧闭的大门外被风吹干。你咬牙坚持，每天都在漫无目的四处奔波。

可你终究还是没有坚持到最后。一年下来你累了。你说我不适合这条路，你说要带我去过正常的生活。我不甘心，我说不怕万人阻挡，只怕自己投降，方兴未艾的梦想，要我放弃，不比粉身碎骨容易。

我以为自己的固执和坚持会得到你的体谅，可你还是在沉默中爆发了。

你恼羞成怒，决绝地拉上旅行箱，直奔长崎机场，像失了心的游子，定要远走他乡。我在候机厅声嘶力竭挽留你，你说你受够了——荒唐的梦以及不切实际的生活。我深知自己的情绪感染不了你，于是我不言语，跟在你身后默默送你登机。进检票口前，你回眸望我，我仰起脸，不让眼眶里打转的泪水落下，冠冕堂皇说着要和梦想共存亡，其实心里早已动摇。

你明明懂我，却又不说出口。

你毫无留恋地穿过检票口，背影在视线里愈渐模糊。一瞬间我觉得我的爱情悲剧性地连载结束了，同这架沧桑的波音747一起，飞向太平洋，到别处落地生花。

飞机越过地平线的那一刻，眼泪像潮水一般决了堤，大颗大颗落在你送我的卡其色短裤上。我躲进机场洗手间哭成泪人，泣不成声。

那时我发现，原来离别的滋味，是苦涩的咸。

## 04

慵懒地躺在被窝里，赖到太阳爬上枝梢，阳光洒进窗，照得我无处可藏。昨夜失眠，连起床都浑身无力。

下楼，桌上是玲子准备好的早餐。我撑着疲惫的身体，匆匆吃完，折回房间拿稿件。在行李箱里层，我看到了你送的公仔。它还是没心没肺地笑，那么灿烂。我想起你曾说过：最美好的弧度是我上扬的嘴角。梳妆台前我咧了咧嘴，不能皱眉，我告诉自己，就算是逞强。我翻出稿件，摊在榻榻米上。密密麻麻的铅字虚晃在眼里，厚厚的一沓，都是自己一笔一画，一撇一捺的成果，心里忽然感到莫名的舒服。原来这就是别人所谓的成就感。阳光下，我无奈地笑，又蹲下，不厌其烦地筛选起来。

整理好稿件，我上网查了约稿杂志的邮编和中央邮政局地址，玲子告诉我，要坐b131环线车。临走前，她热诚地祝我好运，我会心一笑，出门。

你看，在虚妄里生活了这么久，我开始分不清现实和幻想，自你走后，我变得无路可走。你怪我错把折磨当磨炼，而我也只能硬着头皮沉浸在无休止的等待中。漫长的等待，等待出版社的赏识，等待你的回心转意。可是地球辗转划过了半个赤道，等来的只是潦草的敷衍和你死寂的沉默。

迎着阳光，我奔跑着穿过町中公园，在微风中等来了有轨电车。

开车的司机是个大叔，穿着一身制服，表情严肃。我冲他笑了笑，刷卡，找到空位坐下。车窗上的灰尘依旧，座椅上的污渍依旧，一切都是我们来时的模样。我望向窗外，思绪游离到记忆的深处：台北的街道很多很密，像熊本，繁华，但是宁静。在安静的小城，我们吹着来自南太平洋的风，没心没肺地放声大笑，梦里梦外，好像永远不会走散。你骑着摩托车带我在人群里穿行，交错复杂的大街小巷，成了一场场限量版旅行。我们像两个孩子，心怀各种梦想，随心所欲，说走就走，不为现实屈服。你喜欢叼着烟坏坏地笑，喜欢说有你就有我。现在想来，这么美的承诺应该也只有年轻的你我能说出口。

怔了半晌，电车在拥堵的站口停下。打开谷歌地图，离中央邮局仅一街之遥，我随即下车，跟着导航，朝目的地进发。

沿途，不宽的街道上行人愈来愈多，路边的小商店也越来越精致。古老的斜顶建筑映着阳光，远远望去分外刺眼，各种肤色的游客离散在街道两侧，举着相机拍那些面无表情杵在路边的cosplayer。整条街上尽是欢腾的嘈杂的谈笑声，耳边顿时汇集了世界各地的语言。在这里，多了一丝吵闹，但也少了一份死气沉沉。我踮着脚尖向前张望，直到看见不远处熠熠闪光的萨摩群像，我才明白自己走进了中央广场。

在九州，总是能有意外的发现。径直向前，又穿过两个路口，中央邮局便出现在视野里。银白色办公大楼在阳光下闪着刺眼的光,楼前布置着一个邮箱,走上前,铜铸的貉子穿着性感粉红色毛衣立在上面,周身是樱花一样的假花,萌得显眼。貉子胸前挂着一个小牌子,仔细看,原来是它的名片"洗马邮太"。

抚摸它可爱的脑袋,确认了地址后,我贴上邮票,把稿件一封封塞进邮筒。当最后一封脱离指尖,心里恍然如释重负。转身,连走起路都如顺风一般轻巧。

如若无果,我就回台北找你。

回去的路上异常轻松。蔚蓝的天空,参差的建筑物,说笑的游客,飞驰的三菱汽车,视野里的一切都是那么柔和。我一路走一路哼唱,回到公寓,在路口遇见刚从超级市场回来的玲子。她撇嘴,问我为什么这么开心。我接下她手中的包裹,笑着反问:"难道不可以吗?"

"不,不是。"她结结巴巴纠结起来。

我扑哧一下笑出声来,学着你的样子,叫她不要乱想。

她也咯咯笑了起来,问我愿不愿意第二天一起去樱岛。

犹豫了一下,我说还是不去的好。没有你的旅程我无法动心,我现在要做的,只是静待杂志社的消息。见我拒绝,玲子的瞳仁突然暗淡下来。"冬天的樱岛很美的,在海中间,非常漂亮!"她苦口婆心地想要说服我,可单纯的美已不足以打动我了。"像富士山那样,漂亮极了!"她激动地比画起来。

富士山像是我心中一触即发的隐疾,那里有我和你东京一行的回忆。我被勾起了兴趣,脱口而出,用中国话问她是不是真的。

"就像富士山那样,漂亮极了!"她重复了一遍。

我动心了,是真的动心了。我留恋富士山的天空和天空下的你。既然不能和你再续东京之行,那我不如去樱岛找些富士山的回忆。见我沉默不语,玲子着了急,直勾勾地盯着我:"就和我一起去吧!"

"嗯。"我点头答应。

## 05

去年冬天,同样的季节,只是多了白雪。你在雪停的夜里突然想去东京,想看雪下的富士山。我无法拒绝痴心的你,于是结伴成行。次日清晨,我们搭上去东京的飞机。深冬的熊本寒意彻骨,如雕塑般冰冷与坚硬,没有粉白的樱花,只有皑皑白雪下的香樟和天边僵直的流云。你指向舷窗外的远方,说东京之旅一早比一世遥远。那时我不听陈奕迅,也不听《富士山下》,只能眨巴着蒙眬的睡眼遥望你指的方向。透过云层,可以看到被雪覆盖的小城,白茫茫的一片,宛如安徒生童话里的白雪世界,纯洁寂美,动人又温暖。

很快,我们抵达东京,但白雪世界没有想象中的那样美好。下了飞机,气温比熊本还低,刺骨的寒风刮在脸上比刀片还疼。出了机场几乎是直奔着目的地去的,没有任何逗留,我们上了开往富士山的大巴。我疲惫地倚在你的肩膀上沉沉睡去,不知过了多久,你拍醒我,兴奋地指向窗外。顺着你的指尖,我看到了富士山雪白的山峦和优美的弧线形山棱。你不禁放声惊叹:说是玉扇,名副其实,果如其然。

大巴最后在富士山前停下。你拿着相机，像个孩子一般迫不及待地跑下车。我无奈地奔跑着跟上你。那时我才知道，原来见到喜欢的东西你就会忘记烦恼，连周身的寒冷也感觉不到。

　　你蹦蹦跳跳沿着山路拍起照片。那般痴迷的样子，好像不拍下视野里的一切，就不会善罢甘休。爬山的过程比想象得艰难。每爬一段路，我都会停下休息，你每次总会兴致勃勃地在前方驻足，向我招手。山上的气温比山下又低了很多，山风也更凛冽，但爬到顶，浑身全是沸腾的热血，便也察觉不到寒冷了。你站在冰蓝色天空下的雪峰上眺望山底。阳光洒在身上，连天边的流云也不再僵硬。我用手机拍下了这片美得不真实的天空和因爱我而放弃一切的你。在矗立了千万年的富士山上，蔚蓝的天空像是见证了我们的爱情。

　　记得那时你常说你会在远方等我。

　　可辗转这么久，到底是谁在等我。

## 06

　　明明很累，可还是想你想到目不交睫。

　　一大早，玲子便拉着我匆匆上路。路过自动售货机，我买了一杯咖啡，要靠它来麻痹一夜未眠的疲惫。

　　十二月的九州，气温已接近零度。玲子换上和我一样厚实的粒绒大衣，絮絮叨叨劝我身体不能总靠咖啡维系。这一年来远走他乡，除了你没人关心过我。我望着玲子，心里除了感动，除了感激，也再无其他情感了。

我们一路谈笑上了新干线。在列车上看熊本，繁华的街市，鳞次栉比的高楼，目不暇接。这就是我最初的梦的故地，列车飞快划过，带我挣扎着逃离那片梦的旋涡，就像进入梦境那样迅速。我们很快便驶出了熊本市区，两侧的小楼愈变愈矮，行人也越来越少，直到最后，视野里只剩下枯萎的芒草和依稀的樟树。

临近中午，我们到达鹿儿岛总站。玲子和我在中央火车站广场附近随便吃了点东西，又拦了辆的士，继续朝海豚港进发。的士途经中心区，街边涌动的人流中，我看到了来自祖国的游客，他们的面孔亲切熟悉，背包上印着鲜红的五星红旗。独在异乡，能见到祖国的国旗，倍感亲切。眼前的一切那么像台北，那么像西门町。想到这儿，那颗思念台北和你的心变得愈加激动。

约莫二十分钟，的士驶进一片空旷的海港，就是到海豚港了。玲子指着窗外用日语说："樱岛，樱岛。"顺着她指的方向，我看到一座海中的火山岛，仔细观察有点从山中湖看富士山的感觉，只是灰蒙蒙的火山灰覆盖着山体，没有富士山洁净。山顶上没有富士山那样皑皑的白雪，只有火山口弥漫的白色的浓烟。我有些懊恼——这样的樱岛，和我想的太不一样。

我沮丧地望着它，心中的激动也将消磨殆尽。其实从一开始我就应该知道的，即使相差无几，它也不是富士山，也不是坐落在东京，我所向往的，不过是虚幻的记忆。类比一下，梦想也好，爱情也罢，使我沉醉的，也只不过是自己虚构的幻想。这些都是很早就该明白的道理，看着身旁激动的玲子，我想，那么既来之，则安之吧。

我平复了一下心情，听司机与玲子聊天。从他们交谈中我得知，原来樱岛昨晚醒了一次。

我问玲子樱岛周围一片深蓝的是不是死水，她摇摇头夸张地看着我，说岛背面的缺口与太平洋相接。彼时我才知道为什么叫它海中岛。

工作日的游客不是很多，下车后，我们迎着冰凉的海风一路小跑到渡轮口。空气中弥漫着浓浓的火药味呛得我难受，玲子示意我捂住鼻子，告诉我这是火山口冒出的硫黄味道。在渡口徘徊了近两分钟，我们买好船票上了船，径直朝樱岛驶去。

离樱岛越近，火山灰越大，为了拍照我被弄得蓬头垢面，不得不和同船的游客一起躲进船舱。从船舱中看樱岛周围的海，虽感受不到寒风的凛冽，但只粼粼的水纹和波涛，便足以使人身临其境。

不到十分钟，渡轮靠岸。山脚的工作人员说山顶风大，又临近火山口，上到山腰就不允许再往上了。我和玲子沿着排熔岩的渠在山脚和山腰间走动。这时，山顶处发出闷沉的咕噜声。我们循着声音望上去，几丝火星忽然从火山口喷出，玲子紧张起来，要我跟她下山。我摆摆手，不慌不忙掏出手机，全神贯注盯着火山口。

几秒，巨大的蘑菇云伴随着巨响冲入天空，就像纪录片上原子弹爆炸那样，令人激动，又热血沸腾。火山灰扑面而来，我被呛得不行，急忙按下快门记录这难得一见的时刻。踌躇良久，还是决定与你分享这个瞬间。

登录了许久未上的社区，刷新出你今早的动态。你的心情应该很不错，动态下，你和好友聊得热火朝天。无意间点进了你的主页，往下翻了几页，想了解你最近的生活，这时，屏幕上赫然出现你与一个女孩的合照，你温情地搂着她，笑得熟悉，又陌生。照片上配着一行文字——恭喜我吧。

我目光沉滞，死死盯住屏幕。恍惚间仿佛有无数支箭刺进胸口，嗡嗡的鸣声响彻耳畔。

呵，那般透彻的心碎声响啊。

记得你说过，最愚蠢的事情莫过于手贱去看影响情绪的东西。于是我将错就错，顺手评论一句恭喜，退出社区。我这个无理取闹又任性又神经病的傻子滚出了你的生活，你果然没有一点不舍。倒是新欢来得太快，让我始料不及。

我呆呆地杵在原地，胃里一阵翻腾。玲子上前拍拍我的肩膀递来纸巾，问我是不是火山灰吹进了眼睛。我压抑不住心中的悲伤，蹲下，恶心地干呕起来。原来，当一个人真正悲伤到绝望的时候是没有眼泪的。只是想吐。

我告诉她我的爱情死了，和梦想一起死在了这里。

她摇摇头把我扶起，意味深长地开导我：情感总有深浅厚薄，漫长的时光，总有一天伤口会愈合。我不作声，沉浸在与你的缠绵悱恻之中。我想她一定不能明白梦想和爱情如泡沫般泯灭是什么感觉，既然如此又怎么会感同身受体会我的哀伤。

我悻悻和玲子下山，带着一颗万念俱灰的心。离开时，火山口弥漫起浓烟，氤氲着起雾一般，像在为我的爱情哀悼，也像是在为我送别，缠缠绵绵直入长天。

我在主页上发表了一条动态：我的爱情死了，和梦想一起死在九州，火山的滚滚浓烟把它们送上蓝天。希望有吹向太平洋的风把它们带走，带回我日思夜想的台北，在那里开花结果。

回去的路上没有来时的激动和忐忑。当一切尘埃落定，我才明白：一切的渴望，其实从来未令我感到渴望。任何美感，也都会随着岁月而漂移，而我真正渴望的也许只是对于未知的探求和幻想的描摹。生活的盲点，让我看不清，也看不透。你在没有我的生活里安然无恙，对着新欢说着那些曾让我感动飙泪的情话。

　　我用狂奔用无力用噩梦去想你。

　　可说到底，我的坚持没有感动你。

　　只是感动了自己。

## 07

　　最后，你还是连一句解释都没留下，坚决地离开了我，没有余地，没有保留。

　　果真，当两颗倔强的心相遇却没有一方愿意妥协，肝肠寸断就会成为不二的结局。我们两个原本重合的世界从此泾渭分明，约定依偎而行的人生也分道扬镳。那些与你相逢时的欢愉和别离后的忧伤仍历历在目，触手可及般的清晰，却再不动人。

　　记得有人说过：能证明自己足够有勇气的瞬间，就是别人给了伤痛再次奔向自己时把他狠狠推开。但你当真没有想要挽留我，哪怕骗我那只是误会一场。谁没有盲目过然后再麻木，还要恭贺得到的比失去更多。你是我唯一深信不疑的人，我能怪你什么。

　　想起大学时，每次和你吵架，不管谁对谁错，你总会体谅我，宽容我。

那段时光，是年少记忆中最美好的存在，我无法忘怀与你携手走过的街道、路过的广告牌，也无法忘怀与你嬉闹时的欢笑。即使到现在，每当我想到这场坚持走过七年春寒料峭的爱情，还是会欲哭无泪，可我又不得不承认——这场爱情，真的寿终正寝了。相伴两千三百七十五个日日夜夜，到最后，温柔坐享其成，爱却转赠他人。你不如我固执却比我放得下，却比我看得开。你可以说忘就忘，你可以说走就走。而我，也说变就变，成了你的前女友。

抬头，湛蓝的天空中，那颗太阳依旧明亮如新。此时，我忽已明白：我的梦想和与你的爱情正像天上的太阳一般，遥不可及。可同样，也永垂不朽。

阳光下，我继续在九州的大街小巷穿行。我想，也许在某个街角，会遇见下一个你也说不定。你一定穿着明晃晃的干净的T恤和洗得发白的牛仔裤，我会轻挽你的胳膊，然后毫不忌讳地告诉你：

就在两千三百七十五天前，我深爱着另一个，和你一样的他。

# 2 过客

过客 —— 文｜张娫

笑话大王的眼泪 —— 文｜冯想

你说那个告白 —— 文｜盛之锴

窗口的女人 —— 文｜喻北

## 过客

文 | 张烻

## 01

去年秋天，我在学校外的一个小区里租了一间房子。那房间在三楼，是个一居室，有独立卫生间，房东是一对六十岁左右的老夫妇。他们问我在哪里上学，我对他们说："学校离这儿不远，过两条街就是。"临走时他们还嘱咐我，楼下住的是一位性格孤僻古怪的老太太，早晨和夜里最好不要发出太大的声音，我答应了。这间房子看来是上了岁数，木质的老地板，走动时要格外小心，稍微快一点就咔咔直响，拖地水没干的话，也许会渗透到楼下，而且没有阳台，洗完衣服需要搭在屋子里。这就有些麻烦了，我四处走动瞧了瞧，望见楼下的院子够大，估计可以扯一条晾衣绳出来。

房间只有一个朝北的窗户。天还热的时候，我喜欢开着窗户睡觉，这样凉快。接着转眼入冬，房间里当然没有暖气，为了避免感冒，我每天都把窗户锁得死死的，而且随时都穿着羽绒服。我和二楼的老太太碰过几次面，她大概六七十岁，白色卷发，个头不高，身体瘦弱。第一次遇见她是在某个下午，她在小区里遛狗，和我正巧遇到。她热情地问我："你是最近新搬到楼上去的学生吧？"我笑着说是，问她是谁。她也笑着说："哦！我就住在你楼下！"然后就牵着她的狗走了。走时嘴里还嘟嘟囔囔低声自语了一番，我当时以为她是在和我说话，回头一看，她已经走远了。

老太太不常出门，几乎每天都待在家里。所以我很少会碰见她。我每天早上八点要赶去学校上课，中午匆匆地跑回来吃饭（有时就在学校里吃了），下午两点半还要继续上课。一般我会在晚上六点到七点之间到家。我倒是经常碰见老太太的那条狗，它常常蹲在二楼的楼梯口，或是趴在楼下的草坪上，有时也会自己在小区里跑着玩。那是一条体型壮实的金毛犬，看样子已经成年了，它待人友善，性情温顺，从来都不冲人乱吠，还是比较招人喜欢的。

那天我试图在院子里扯出一根晾衣绳。老太太的狗在一旁趴着，看见我在扯绳子，忽然冲我叫了两声。不一会儿，老太太就从楼上下来了。她走到我旁边对我说："这里不让晾衣服。管得严。"我只得就此作罢。

还有一次，我忘记了带家门钥匙。那时已是深冬，寒风刺骨，虽然我穿着羽绒服，但依旧被冻得瑟瑟发抖。我站在楼下抬头看了看，家在三楼，与地面还是有一定距离的。如果我贸然爬上去，手一滑就麻烦了。想给房东打电话，但是手机就快要没电了。这时那位老太太牵着狗回来了。她好像是刚去过超市，手里提着两包东西。我有点不好意思地上前说："那个……我忘记带钥匙……手机也没电了，能借用一下您的电话吗？"

老太太疑惑地打量了一下我，然后说："我身上没电话。跟着我上来吧。"于是我就跟着老太太去了二楼。老人的家要比我住的屋大很多，里面没开窗，客厅有一盏吊灯和一台小电视机。她挥挥手让我先坐着，又问我喝茶还是喝水。我连忙摆摆手说："谢谢，我不渴。"但她还是从碗柜里头拿出一只杯子，给我倒了一杯水。"电话在那儿。"她指着沙发的另一头。

那是一只普普通通的黑色座机。现在已经很少有人用座机了。我拿起电话，开始拨打房东的号码。响了几声后电话通了，我解释说自己忘记带钥匙了，现在在二楼。房东太太说一会儿来给我开门，我赶忙说谢谢。

老太太在厨房里忙活着，好像是在做饭。她的狗安安静静地趴在门口，微睁着双眼一动也不动。我觉得有些无聊，就坐在那儿参观起她的家来：茶几上摆放着一盆花，好像才浇过水；客厅四面的墙贴着浅灰色的碎花壁纸，受了潮的地方皱皱巴巴的，底部有几处已经非常残破了；沙发后头的两扇窗户上挂着一层浅紫色窗帘，右边则是放置杯子的碗柜；碗柜旁是一个旧式白色雕花大衣橱，旁边紧靠着一只黑色小木桌。物什虽然简单，但非常整洁。

木桌上面只摆有一张相片。我走了过去，靠近看了看。相片里是一对年轻的男女，看起来二十来岁的样子，季节应该是开春，他们身旁的花开得很灿烂。我又凑近了一些看，那个男生牵着女生的手，两个人笑得很开心。男生身材很魁梧，身穿白衬衫，浓眉毛大眼睛，鼻子高挺。女生则是一袭浅蓝色的连衣裙，一副羞涩的模样。我正盯着看，老太太忽然从我背后叫了一声："别碰我的照片！"我被吓得连忙转过身来，在门口趴着的金毛犬也被吓得一激灵跳了起来。"对不起，我……我没有动。我只是看了看。这张照片照得真好。"我慌忙地道歉，两只手也不知道该往哪儿放了。她把手里端着的两盘菜放在茶几上，再慢慢地坐在沙发上，看了看我，说："留下来吃饭吧。"我说："不了不了，我一会儿回家吃。不麻烦您了。"她也没有坚持留我，只是又对我说了一句，一会儿可以下来，和她一起吃晚饭。

房东太太很快就到了。我和老太太道了别，回到了自己家里。送走房东太太之后，我终于躺在床上松了一口气。最终我也没下楼与老太太共进晚餐，那天我很累，早早地就睡着了。几天后的某个下午，是个星期天。我正在睡午觉，迷迷糊糊中听到外面有争吵声。起初我并没有在意，直到争吵声越来越大，我才忍不住出门看了看。是老太太在和一位物业管理员争执。听邻居说，老太太一定要让物业人员安装楼道里的声控灯，而物业一直推托，找各种理由不安。其实楼道里的灯已经坏了挺久了，从我刚搬进来的时候就是坏的。我一般回家都早，但也有特殊情况回来晚的时候，上楼梯时没有灯，看不清脚下的确很不方便。没想到，这样一个问题居然是被一位老太太解决的。她与物业人员争论了很久，最终物业的人碍于情面，答应下午就来安装。

后来楼道里就有声控灯了，虽然对我来说并没有很大的用处，但或许给这栋楼里的很多人都带来了便利。那位老太太是个好人。

## 02

我屋隔壁也住着一位学生。起初我并不知道我们还是同学。

那个时候已经下了两场雪了,天气冷得要命,早上八点的课经常有人缺席或是迟到。那天早上是一堂英语公开课,上到一半的时候,安静的走廊里忽然传来了急促的脚步声,大概过了三四秒,她气喘吁吁地出现在了教室门口,看起来累得不轻。可以想象她一口气跑上五楼的画面。她敲了敲门,在英文老师愤怒的注视中小心翼翼地走进了教室,随便挑了个位置坐下,正好在我前面。因为之前已经和她在小区里见过几面,所以我用笔轻轻地点了她一下,跟她打了个招呼。她也认出来了我,先是对我笑了笑,然后问:"现在讲到第几页啦?"我低头扫了一眼页码,轻声回答:"第96页。"

这时英文老师指着她说道:"那个……那个刚来的同学,对,对,就是你,来回答一下这个问题。"她惊慌失措地站起来,手里还在胡乱地翻书,"嗯"了半天才说我不会。英文老师皱着眉头,很生气地说:"不会的话,以后就要早点来上课!"她略带歉意地笑了笑,坐了下来,像什么都没发生一样,掏出笔记本在上面写东西。

下课后,我对她说:"真没想到咱们还是同学。"她也表示惊讶,说这是第一次在教室里看见我。我说:"那可能你很少来上课吧。"

果不其然,她确实很少来上课。除了考试,一个月最多来两节,而且经常迟到。她在课堂上也不怎么听讲,只是自己做笔记,好像老师讲的内容和她一点关系也没有。不过令人惊讶的是她的结课成绩很出色,在全班名列前茅。后来我问过她，她说她从小就精通英语，老师讲的对她来说太简单了，上次问题没回答出来，只是因为太仓促了。

我夸赞她是个天才。她吐了吐舌头笑道："我理科很差的。数学一点也学不会。"我说："我们都差不多。"

虽然住得近，但我们基本上没有一块回来过。她下午下课后还要去一家餐厅打工，晚上到家都已经八点多了。那天早晨我醒得早，想下楼转转，刚出门时看见她才回来，穿一身运动衣，大汗淋漓的。那时我才知道她有晨跑的习惯，冬天也是如此。能够在寒冷的冬季早起出门跑步，这需要莫大的勇气。我内心对她产生了一种由衷的钦佩。那天我们一同去学校，路上我问她是什么时候在这里住下的。她说住在这儿已经快一年了，最初刚入学的时候，在寝室住得也还行。后来宿舍外面开始修路，每天都会发出轰隆隆的噪声，因此她才搬出来住。我说我也是，仔细一问，原来我们的宿舍是挨在一起的，都临街。我说前一段时间街上修路，噪声很大，这也是我搬出来的原因之一。她问我还有什么原因，我对她如实说道，自己正在写小说，寝室里总是很吵。她听完后很诧异地问："你还会写小说呀？"我解释说，自己只是偶尔写写玩玩的。她说她以前也喜欢写东西，有空多交流。

后来我们又找到了很多彼此的共同点。比如说都喜欢听音乐，都喜欢睡午觉，都喜欢看电影，等等。就这样，我们自然而然地成了很好的朋友。不过我们还是不常见面，她一人要打两份工，不仅下午要去餐厅，周末还要去帮几名初中生补习英语。有时我连续好几天都见不着她。

上学期过得很快，一转眼就要放寒假了。临放假前一星期，我回家时看见她正在往外搬东西。我问她怎么回事，她说自己就要搬走了，整整房间，这些都是不要的东西。她还说下学期或许会换个地方住，因为这里的房租可能就要涨价了。我帮她简单收拾了一下，把她整理出来的一大箱垃圾扔到楼下。收拾完，她邀请我进来吃饭。本来我是不想去的，但是她说："哎呀，我这次做得多，一个人也吃不完，你就来帮帮我嘛。"于是我就答应了。她先进了门，简单地把一些衣物挪到一边，招呼我坐下来。她房间很小，大部分空间都塞满东西。中间唯一的一片小空地摆了一只茶几，下头铺着粉色的地毯。茶几上的笔记本电脑还开着，电脑旁有一盆小仙人掌。她给我倒了一杯水，对我说饭马上就好，如果无聊的话可以先玩会儿电脑。我坐在了地毯上说："没关系，你慢慢忙。"

过了一会儿，她端了两盘菜出来，一盘炒鸡蛋，一盘糖醋排骨。然后她又在微波炉里热了热清蒸鱼和山药汤。我问："这都是你做的？"她笑着说："清蒸鱼是我从餐厅带回来的，上次没吃完，其他都是我做的。"我尝了一块排骨："味道不错。"她又笑了，她可真是爱笑。"都是我最近一段时间学的，你再尝尝鸡蛋。"吃饭的时候，我们聊了聊平时看的书和最近看的电影之类的。过了一会儿我问她下学期想搬到哪里去。她说没有定，还在找。我说："你找到更便宜的房子之后就和我说一声，我也搬过去。咱俩还做邻居。"她笑道："行。没问题。"

后来我们聊起了楼下的那位老太太。我跟她讲起上次我忘带钥匙的情形，老太太最后要留我吃饭但我没有留。她笑嘻嘻地说："那我留你吃饭你就留啊？"我解释道："那咱们不是同龄人嘛，那位老太太人也挺好的，但就是，感觉和她一起吃饭有点尴尬。"

她嘴里正咀嚼着一块排骨，含含混混地说："嗯……也对。我也见过她几次……不过没有说过话。"我喝了一口山药汤,继续说:"那次我去她家的时候,发现了一张相片。上面是一对年轻男女。衣着很有年代感,老太太估计就是相片里的那个女生。那个男生肯定就是她的丈夫了。"我又喝了一口汤,"我想……她丈夫去哪儿了?会不会已经去世了?"

"我不知道啊。"她也开始喝汤。我放下筷子说:"当然只是我猜的。好了,我差不多吃饱了。"我站起身,帮她把空碗放进水池里顺手洗了洗。重新坐下来后,我开始点评起她的菜来:"鸡蛋有些淡了,排骨也有点淡,不过口感很不错。汤很好喝。清蒸鱼有点咸,可能放的时间久了。回头你去我那儿,我给你做一次。"

"是吗?"她放下碗,"你这重口味还会做菜啊?"

我说:"嗯……会做一点点。"

后来我们又聊了好久,我才回去。次日清晨她就带着行李回家了,临别前给我发了一条信息。短信里说她早上七点半的火车。我在九点多时才醒,看见后给她回复:"嗯,路上慢点,有空一起吃饭。"

## 03

整个寒假,我都在写小说。

其中有一段时间,我很没灵感,于是就想出去走走。那个冬天我一共去了西安、开封、武汉三座城市。因为经济原因,我在每座城市只停留了很短的时间。在路上的时候我会写一些心情散记,也会写一点游记随笔,写写删删,完成后发给她看。然后她对我说,如果还有时间的话,可以去她家玩。

我说还是算了吧。我知道她家在沈阳，冬天能冻死人，我又特别怕冷，只想待在暖和的地方。

寒假过得很快，下半学期刚开学的时候，我回到了学校，续交了房租。房租并没有涨价，但她却搬走了。她搬到了一个离学校稍远一些的地方，理由是离打工地点近。

不到一个月，隔壁新搬进来一位留学生。我最初还以为他是美国人，和他交流过后才知道他是法国人。他长着一张棱角分明的脸，栗色略卷的头发习惯往后梳，一双深邃忧郁的大眼睛，看着你的时候总觉得他要对你倾诉些什么。我觉得他的长相已经很完美了，从外表上来看他完全就是一位优雅有风度的绅士。但其实他是个非常容易害羞的男生。第一次见到他时，他正往屋子里搬行李。我想去帮他，他却连忙对我说不用。但是我还是帮他抬了一些东西，他只是对我说谢谢（说了很多很多遍），其他什么都没说。之后我向他介绍自己，我说我是你的邻居，就住你隔壁。他又对我连说了好多你好，然后说了自己的名字。他的姓名实在太复杂，我记不住全名，只是称呼他为Simon（他的小名）。

Simon的中文水平比我想象的要好。他说自己已经在中国待了快两年了，已经很熟悉中国的环境。他和我不是一个学校的，但每天早上也是八点上课，所以我们经常能在上学路上遇到。经过和他的几次交流，我知道了他是学美术专业的，父母在北京也生活了两年多，很喜欢自己在家做菜，喜欢看动漫，尤其是火影。那天是我先问他："平时你喜欢看书或者电影吗？"他想了想说："我不怎么看电影……书……看得也不多。不过我喜欢动漫，最喜欢Naruto。"我说我也看过《火影忍者》，不过中间隔了好多都没看。他一脸兴奋地说自己可是从头看到尾的,一章都没落下。于是我们聊了很久火影。我说我最喜欢的是佩恩入侵木叶那一章,最喜欢的忍者是鹿丸。他说自己整篇都喜欢,每个忍者都喜欢。

一来二去,我们慢慢变得熟悉了起来。那时已经是四月份了,天气逐渐暖和。那天下午我没课,早早地回了家,走到楼道口时,隐隐闻到了一股菜香味。似乎是Simon家传出来的。没过多久,Simon就来敲我的门,说让我过来吃饭。我早就饿得不行了。一进他家里,一股饭菜香味便扑鼻而来。我问他:"你做的什么,怎么这么香?"他回答说:"等会儿你就知道了。"当他把两盘黑椒牛排、一份沙茶虾、两小份牛肉炒饭端上桌时,我都不敢相信这全是他一个人做的。他笑着招呼:"随便吃吧。一会儿还有蔬菜沙拉。"

我们坐在茶几边开吃,屁股下垫着一张蓝色的地毯。我边吃边说:"你知道吗?这间屋子之前是个女生租的。"

他摇摇头说不知道。我说那位女生和我也很熟,大概半年前吧,她也邀请我在这里吃饭。当时这里是一张粉色的地毯,而你换成了蓝色的。Simon说来的时候这里没有粉色的地毯,我说那可能是她带走了。

Simon确实是个动漫迷。我注意到他的书桌旁堆着一大摞漫画书。很多都是火影,也有其他一些我没看过的漫画,并且全都是中文版的。他的电脑旁边还放置着几个动漫手办,床头还贴着一张硕大的海报,海报上全是二次元人物。我逗他:"Simon,你该不会是个宅男吧?"他问我什么是宅男。我想了想解释说:"就是那些不习惯出门,很长时间都在家待着的人。"Simon摇了摇头坚定地说自己不是。他的解释是:"我很喜欢跑步。"

这让我想起了她。我说,之前住这里的那位女生,她也喜欢跑步,尤其是晨跑。Simon听完又摇摇头:"早上太冷了!而且我起不来。我喜欢晚上去跑。咱们一会儿去吧?"我才发现Simon原来这么热情。我说今天太晚了,明天再去吧。他说也好。吃到一半我问他:"Simon,你今天为什么请我吃饭呀?"Simon淡淡地说:"今天是我生日。"

"是吗?"我有点惊讶,"过生日应该喝点酒才行。你等着我下楼买。你想喝什么酒?"

他连忙说不用,拉着我坐下。他说自己已经很多年没过过生日了,不用那么大费周章,也不要什么礼物。他说明天我能陪他去跑步,这就行了。我们把饭吃得一干二净,最后还吃了他准备的蔬菜沙拉。他的手艺很好,只是做得不多,牛排和炒饭的分量都很小,所以我并没有吃得那么饱。晚上又和他聊了很多我才回家。我们约好了明天晚上出门跑步。

晚上八点多,他就来敲我的门。我换上了跑鞋,跟他下了楼来到大街上。今晚街上人不算多。他指着左边通往体育场的路说:"咱们顺着这条路跑。"我说:"都可以,我跟着你。"

我们刚开始只是慢跑,速度与路上的行人差不多。随后慢慢提升了速度。他真的很能跑,我这个人又好面子,本来以前跑步,最多一口气跑个五六公里,但他丝毫没有减慢的势头,不断加快速度,像个飞奔的毛驴,我只得咬紧牙关在后面追着。快到五公里的时候,我有点受不了,叫住了他,我问:"那个……要不要休息一下?我太久……没跑了……"他让我再坚持一下,说跑到前面的大厦就停。于是我就死撑着继续跟着他跑。但是他根本没说清楚是哪座大厦,我本来以为下一个大厦就是他口中的"前面的大厦",可经过了三座大厦,他还是没有停下的意思。我实在扛不住了,速度慢了下来。他也意识到我的体力不足了,于是转过头,我还以为他要对我说停下来歇一会儿吧,但他却说:"快!就是前面了!"我坚信当时如果我还有力气的话,一定会冲上去打他的。

跑到九公里的时候,我感觉自己就快要脱水了,嗓子直冒烟,汗像泉水一般不断涌出。他忽然又对我喊了一句:"加油啊!"我感觉全身仿佛在燃烧一样。他的这声加油,或多或少给了我一些动力。过了几分钟,他终于停了下来,我也紧跟着停了下来,如果有床的话,我估计会直接瘫倒在上面。我气喘吁吁地说:

"你……你们……法……法国人……是不是……都这么能跑……"

"还好吧……我一般啦。"他回答得轻描淡写。

看看手机,我们一共跑了十公里还多一点。我从没一次跑过这么长的距离。我们基本上围着市区跑了一圈,最终又回到了住处。我累得不轻,随便找了个地方想歇一会儿,但被他制止了。他说刚跑完步立马坐下对身体无益(我是真的想打他了)。他还说:"很羡慕你们亚洲人,皮肤好,还不容易老。"我回问他:"哪里好了,我还羡慕你们欧洲人呢,长得帅,腿还长,跑那么快。"他又说:"哪里长得帅了,我不觉得自己很帅,我喜欢亚洲人。"

晚上回家时,他还热情地对我说一句:"有空再出来跑啊!"我一声不吭地进了自己房间……

## 04

时间依旧过得很快。五月底的时候，Simon对我说，他就要搬走了，因为要毕业了（他比我大一届）。我问他有什么打算，他说可能要回法国一趟，自己已经有好多年没回国看看了。

我记得很清楚，Simon离开的那天是6月11号。我在日历上提前用笔标注好了，Simon会在这一天收拾东西离开。其实我并不是想让他走，我只是怕我忘了。6月11号当天下午我送他去车站，他需要先坐火车去北京看望父母。到了车站，我们拥抱了一下，我说一路顺风，他说后会有期。

于是，我隔壁的房间在经历了两个主人以后，再一次空闲了下来。

我还是会抽空跑跑步（绝对不会再绕市区跑了），自己一个人做菜吃饭，偶尔看看电影看看书，按时上课，生活一切照旧。有时还是会碰见她——我的上一任邻居，但是自从她搬走之后，我们几乎就没认真聊过天了。我知道，距离会使人变得疏远，对于任何朋友都是如此。我依然在写小说，不过写得没以前快了，想到一些就写一些，有灵感的话就多写点，假若心情不好便关上电脑早早上床睡觉。我和Simon还有联系，他给我发了好多自己在北京照的照片，说下个月就回法国，问我最近怎么样，还说有时间了回来看我。我笑笑回复道："好，那我等你。"

临近放假，在完成了结课作业之后，我便收拾收拾准备回家。那天是几号我已经想不起来了，只记得是个午后，我预订的是下午四点半的火车票。我把很多衣服通通塞进行李箱里，又把一些书装进手提包中，背起背包下楼。经过二楼时，一个熟悉的声音叫住了我："小伙子……你能不能，帮我把这些东西扔到楼下啊？"

回头一看，果然是那位二楼的老太太。我有很长一段时间没见到她了。她微弯着腰，正艰难地把一箱杂物推向屋外，我连忙上前搭了把手。"您别闪着腰了。"我说，"我帮您吧。"

这箱杂物并不沉重。我让老太太在楼上帮我看着行李，我抱着箱子下楼。箱子里大多都是废弃物，有一些陈旧到快要散架的书、一些蒙上灰尘的相片、几枚破烂不堪的像章、几件不穿的旧衣物，等等。到楼下准备把箱子扔进垃圾箱里时，我才注意到在几件旧衣服的下面，压着一张我曾看到过的相片。我将上面那些破烂拿开，心里有点疑惑。没错的，是那张相片——那天我去老太太家时看到的相片，里面是一对牵手的男女，男生穿着白衬衫，女生穿着蓝色连衣裙，他们笑得很开心。但是，还是有一些不一样的地方。但到底是哪里不一样我却说不清楚，总感觉照片里的女生没有之前我看到的漂亮了。也许是相片上蒙上了一层灰尘。我用袖子擦了擦上面的灰，照片干净了许多，但总感觉还是缺少些什么。

我把所有杂物扔进垃圾箱里，只拿着这张相片上楼。在二楼楼道口，老太太扶着楼梯把手，还在帮我看行李。看见我走上来，她问："都扔掉啦？"

我回："没，还剩下这个。"

我把手里的相片递给她，但她没有接。她看了看相片，又皱紧了眉头："怎么不扔啊？"

"抱歉……"我说，"这张相片我上次看到过。我觉得照得很好看，为什么要扔掉呀？"

　　老太太沉默了。她那张衰老得布满皱纹的脸上没有任何表情，也不做什么回答。我觉得再这样下去就太尴尬了，于是说："如果您真的不想要，那我就去扔了。"刚想下楼，却被她拦住："算了！算了！给我吧……"

　　我把相片递给了她。她凝视相片许久，说道："你要走了吧？那……你路上慢点。"我不知道她是不是对我说的。老太太转身把相片捧在手中，然后缓缓地走回屋里。那张相片里究竟是个什么样的故事，我也许永远都不会知道了。但我也不想知道，因为我发现时间已经很晚，如果再不走就赶不上火车了。我拎起手提包，拖着行李箱，踏上了回家的路途。

## 笑话大王的眼泪

文 | 冯想

周胖子总爱讲笑话。

琪琪老说周胖子讲的笑话很冷很冷,但是他一本正经想把人逗乐的样子真的超搞笑,他讲完一个笑话自己先笑得不行的样子也真的超可爱。

所以,周胖子总爱给琪琪讲笑话。

坊间流传着两种说法,第一种是说周胖子是喜欢琪琪的,不然他干吗总想尽法子把这姑娘逗乐。

第二种说法是琪琪也是喜欢周胖子的,不过这个可信度比较低,认识他俩的人总要问,琪琪要是喜欢胖子,那她图他什么呀,的确这有些俗套的说法让俩人之间的距离从来都不像看上去那么近。

琪琪在美国读了一年半书,赶上了父亲公司生意不好,她又发自内心地不想待在国外，瘦死的骆驼比马大，回国后家里人找关系把她送进了这所大学，一个突如其来的转学生加上海归的"衣服"，让琪琪从一进这个学校就成了知名人物。

琪琪长得不算精致，但从脚底到头发丝焕发出来的优质富家女气质还有举止谈吐的文雅还是让她不乏追求者。

周胖子呢，就那样，大二了还在想尽办法送出初恋，呆头呆脑，一件黑色运动裤一穿就是半年，挺着大肚子一天到晚傻呵呵的。

坊间八卦一直讨论的周胖子是否喜欢琪琪，琪琪又是否喜欢周胖子的问题，在同一天不攻自破。

琪琪交了男朋友，一个像我一样的长发男，不过多靠近那小子半米就能嗅到刺鼻的人渣味道，不过琪琪闻不到，她估计是把那男生的恶心味道一不小心当成了白马王子出场自带的主角光环。

周胖子急了，竟然跑来骂我，说我这种把头发留得这么长的男生一看就不存好心。我平白无故躺枪也急了，大骂："关我屁事！老子本本分分做人，认认真真求姻缘啊。"

"胖子，你是真喜欢琪琪啊？"旁边舍友见状起哄一语道破。

"扯淡！"胖子把头转了过去背对着我们。

"那你激动个什么劲，我们几个怎么没激动成你那样。"

"你起开，我这是放心不下琪琪。"说就罢了，胖子边说边手舞足蹈。

"你少解释。"大家一扬手表示不屑，然后各忙各的去了。

胖子气得说不上话，蒙上被子就装睡了。

出乎我们意料,那天过后,胖子还是给琪琪讲笑话。

胖子说:"怕她不快乐。"

在琪琪男朋友恰好不在的小路上,在班里,在操场,在食堂,在一堆人里,周胖子依旧手舞足蹈地给琪琪讲着笑话,只是我们在一旁看着这一幕要比以前多带了一些心酸。

不知道是这句"怕她不快乐"深深地诅咒了琪琪还是怎样,好景不长,琪琪如我们所愿和长发男分手了。

小道消息全凑起来,大概是这样的:长发男甩了琪琪,他在和琪琪第一次夜不归宿后的一个礼拜就成功出轨了一个大长腿娃娃音的女生。

特俗套对吧?但这种男女分手的方式确实很大众。

当然这些都是身边朋友传出来的八卦小道消息,没人确定真假,有人信了,有些人选择不信。

不信的那个人是周胖子。

琪琪的舍友说她在分手的那个夜晚没哭没闹,也没一脸卑微地恳求那个男生,也没一心后悔地大骂看错一个人,她关于分手没掉一滴泪,在那个夜晚她像往常一样,看一小会儿书然后洗漱上床,只是比往常早睡了一会儿。

在失恋第一天的百感交集里琪琪没哭,反而在第二天下课后周胖子的笑话时间琪琪抹了两把眼泪。

那天胖子把笑话讲完,依旧冷得竖汗毛,琪琪还是像一股清流,在我们嫌弃的目光中笑得前仰后合。

她捂着嘴，笑着笑着，就哭了。

她忽然踮了踮脚，搂着周胖子的脖子，贴在他耳边说了句话，然后整理了一下头发，和舍友往前走了。

留我们在那里看呆了，起哄声是迟钝三四秒钟后忽然响起的，伴随着周胖子一脸欣慰略加诡异的微笑。

还略加猥琐。

我们问他琪琪贴在耳边说的是什么。

周胖子不回答。

我们又怂恿他趁机表白，周胖子说："不，人家刚刚失恋，乘虚而入目的不纯不像君子。"

琪琪是个好姑娘，他说不急，得打一副长久的牌。

我说："真看不出来，人模狗样的乍一看还以为是渴望破处的白痴男，原来是个情圣啊。"

"狗屁情圣，言情小说里看到的。"

"每天都讲笑话也是言情小说里教的路子？"

"扯淡，我就是想看她笑，还是那种一点都不知道收敛的笑，多可爱。"

不出意外，周胖子还是每天都在给琪琪讲笑话，也许是琪琪依赖上胖子在她这段失恋时期带给她的快乐，渐渐地，她开始和胖子单独约会。

两人单独一起去食堂吃饭，一起在晚上遛操场，琪琪每次逛完街回来都会给胖子带一点小吃或者一杯奶茶，胖子就总在校门口的那个十字路口等着她回来，然后陪她走完从校门口到宿舍的那七八分钟路程，一路上带给她欢乐。

胖子说每次和琪琪单独出去的时候心里暗喜，特想碰见几个同学，然后嘴角一翘，摆出一副抱得女神归的神气模样，痛快地牛一把。

胖子说有些时候很想挽一下她的手，但又不敢，常念叨说什么真正的爱情是欲触碰但又收回的手，很非主流但也蛮有道理。

在陪琪琪吃光整个小吃街的所有小吃之后，周胖子打算表白了。

原因是他看到了一个鸡汤博主一篇让人热血澎湃的鸡汤文，叫作《别给青春留遗憾》。看完之后，他拍着胸脯放着狠话："我的青春不能有遗憾，我要亲到琪琪，我要和她恋爱！"

那一幕狂野到我们一众人站起来鼓掌叫好，纷纷献上计策，周胖子一个都不满意，自己在床板上挂了一张8开的纸，上面写满了表白计划。

他一想就是两个月，我们都期待着周胖子能放出什么大招，正想着这憋了两个月的表白计划能赚到琪琪和路人几斤眼泪的时候，一切都灰飞烟灭。

我常跟周胖子说，表白这事不能拖，拖得久了，本来是自己的也让给别人了。

好吧，都怪我乌鸦嘴，周胖子用最昂贵的佐料最温和的火最漫长的耐心煮熟的鸭子，飞了。

这一次又飞到了音乐系一个人人喊打的渣男那里。

没有任何预兆，从那个三七分头的男生在琪琪的世界出现到两人确定关系，只用了三天。

我不知道周胖子输得甘不甘心，但他应该庆幸，在他的整个大学生涯，从没被琪琪拒绝一次。

那一天，周胖子坐在地上后背靠着暖气片，啃着半块馒头破口大骂："什么狗屁鸡汤，什么狗屁言情小说，去他的，都没写会有一个三七分头白得跟个娘们儿似的情敌莫名其妙地出现啊。"

他坐那儿嘟囔了二十分钟，一杯一杯的大桶水往嘴里面倒，咽着干巴巴的馒头，然后上床睡觉，过了一会儿下床递给我一个礼品袋问我："顺，人家现在有对象了，我再送她这些东西是不是不合适啊？"

我打开礼品袋，里面是十二支不同色号的口红。

"搞什么啊，这就是你的表白计划啊，这东西用得着准备两个多月吗？"

"老子得攒钱啊！"周胖子有点委屈，我能看到他努力吸着鼻子睁大眼睛噙住眼泪的架势，心里莫名一阵酸楚。

气氛陷入几秒钟的尴尬，为了收场，周胖子蒙上被子不再说话，我终究是没看到那两滴眼泪掉下来的可怜模样。

你以为爱情小说都是喜剧收尾啊？身边那么多痴男怨女不留遗憾的能有几个。

胖子呢，一个从三线城市考到大城市的孩子，从小因为身形相貌，他成了很多无趣的同学调侃的对象。高中时期他也喜欢过一个女生，后来收到的回复是嘲讽和白眼。他接受孤独接受别人的嘲笑和欺负,他渐渐变得自闭,他的世界慢慢筑上围墙,这一切直到考上大学,来到一座陌生的城市。

他知道,他以前过得不快乐,他想要新的生活。

他想带给别人快乐,所以他翻烂了讲笑话的网页。然后琪琪出现在班里,那天她穿了一件白T恤,惊艳了胖子。

他要推翻围墙才能把她迎进他的世界。

但琪琪没多伟大,感动并不能转化为爱,爱在她眼里也很难逾越相貌或者钱包的厚度,她只是万千正常思维的青春期少女中的一个,这不是她的错。

结局不太美,我试着安慰胖子,我说:"如果你俩晚几年认识就好了,二十岁是她最美的年纪,铁了心要跟一个她心中的王子,哪怕王子的背后藏着一个浑蛋。"

胖子说:"她笑起来真的很好看,所以一切都没关系。"

那天过后,胖子还是给琪琪讲笑话。

虽然琪琪有一点尴尬和逃避,虽然胖子不再没心没肺忘情地大笑了。

但后来任何一丝关于两人相遇的场景都那么楚楚动人。

所有尘埃落定之后,胖子说如今不带有任何奢望地与她相处,好轻松,希望她能懂。

我一次都没见到过周胖子掉下一滴泪,但是我知道每一次给琪琪讲完笑话后忘我大笑的他,背后一定藏着一个偷偷擦着眼泪的傻孩子。

## 你说那个告白

文 | 盛之锴

**01**

  起初男孩听别人说女孩,是因为在校门外突兀地发现女孩的身影。女孩在校旁小餐馆里打工的事实,便从消息灵通的舍友那里打听到。"原来是这样吗?"男孩一边应答着舍友像上了发条般的喋喋不休,一边在脑海里假想出各式各样的疑问:是家庭贫困需要勤工俭学吗?是体验生活提早适应社会吗?还是因为花钱大手大脚,用光了生活费而不得已去打工?这些疑点似乎永远都问不完,也似乎永远都没有答案。男孩识趣地放弃了以上无解的问题,却又无可救药地投身于另一个幻想世界中不可自拔:或许我该谈一场恋爱。如果与女孩谈恋爱,该是怎样的场景?这个幻想世界,又被形象地称为——白日做梦。

"没有男朋友吗？"男孩抬起头，认真地问起舍友。

**02**

如果我们仔细回想下自己喜欢上一个人的过程，大概会发现，原来"喜欢你"，就像这样轻而易举，并且自然而然地从内心里萌发。没有准备没有铺垫也没有犹豫，好像只是某一瞬间擦肩而过的对视。男孩当然觉得这一个擦肩而过很重要，嗯……她虽不算漂亮，但长发及腰，头发随风吹扬飘散时的样子很是舒服。

在此之前，男孩与女孩那重要的擦肩而过，要是男孩没有记错的话，是在文学社团的招生会上，女孩出现在男孩面前突兀地问道："你是不是刚刚课上回答问题的那个同学？"这种尴尬的问题究竟要如何回答呢？男孩觉得在课上回答的问题是那样糟糕，于是平静而认真地否定女孩的疑问。

也许这就算命中注定的一面之缘。

每一天，女孩都会在下课后赶去小餐馆里打工，直至九点半。看上去女孩总在工作与学业两边来回忙碌，特别是大一才开学的这一段紧张课程中。男孩写满白日梦的笔记本里，是陪女孩一起去打工的剧本：男孩会随意选择小餐馆里一个无人的角落坐下，打开笔记本开始构思自己创作的小说。他会在不经意时探出头，看一看忙碌中的女孩，送去一个鼓励与关心的微笑。中途难得的空闲，女孩可能会给男孩倒上一杯柠檬汁，或者热牛奶——那是女孩提前在超市买好后，偷偷用小餐馆里的微波炉加热的。然后打工结束，两个人一起步行在回校的夜路。在泛着微弱暖黄的路灯下并肩行走，谈谈一天下来所遇见的令人开心的事情。

要是这一切果真如同幻想，要是……男孩从睡梦中清醒，洗漱过后习惯地拿出手机，刷着微博里的最新动态。男孩总觉得隔一段时间没有看手机，便会错过了什么惊天动地的大事件。如同男孩的白日梦般无可救药的手机病。不过这次男孩看上去有些收获，他看见微信上有人转载说，大后天的先锋书店要公映一场徐童的《算命》。

《算命》？印象里很少会公映的纪录片类型。"有小伙伴一起去看吗？"男孩在群里粘贴了这则消息，想着要是有小伙伴也感兴趣的话，就可以一起去先锋书店快乐地玩耍了。女孩便在这时回了话："我有啊。"

我有啊。

男孩很容易想起谁说过的"被注定的因果缘由"，无论听起来是多么荒谬。他点开女孩的私信，怀着期待与忐忑的心情问道："你打算去吗？"不一会儿女孩回信说："想。"男孩急忙回复说："那么有时间吗？我们可以一起去呀。"男孩等待着女孩的回答，同时打开电脑搜索关于那天所有的活动详情：时间刚好是没有课的星期天，下午一点半到五点。不过学校离目的地很远，大概要先坐四十多分钟的大巴，半小时的地铁再加十分钟的步行。只要早点出发，活动结束后也有时间逛一逛先锋书店。不出什么变故，应该是一次很完美的出行。男孩正想着，女孩也回了话。

"好啊。"女孩如是说。

## 03

男孩喜欢南京这座城,满是梧桐以及古香味道的街道。珠江路便是如此。上一次来到这里究竟是多久之前?男孩行走在这一条记忆里走过无数遍的路。那时男孩参加艺术培训的旅店便是在这条街上,十月末的日期满打满算到现在刚好一整年。

男孩的第一场恋爱在这里开始,一切如同从前,就连气温也好像并未改变。那个女孩俏皮而又认真地微笑,对男孩说:"你没有什么要对我说的吗?你真的确定没有什么话要对我说吗?那么你会后悔的。"男孩和那个女孩也都没有想到,当男孩踌躇的这一句话说出口后,两个人才开始真正而漫长的后悔。

"做我女朋友吧。"

男孩站在街边那个熟悉而略带破旧的旅店门口,那个男孩和女孩的对话仿佛重新上演,下一刻却被快速掠过的车辆行人吞没。

旅店旁那里的岔口往里走是一条长长的巷路,看上去一切如旧。

巷子里的一家旧书店,有许多男孩以前从未见过的书籍。譬如未经翻译的原版外国文学,时隔一个世纪的丛书,甚至父亲那个年代的连环画。

男孩在那里看见村上春树日文原版的《挪威的森林》。他用日语轻声地对那个女孩读着:"你所希求的并非是我的臂,而是某人的臂。你所希求的并非是我的体温,而是某人的体温。而我只能是我,所以我觉得有些愧疼了。"

找不到了呢。

男孩穿过长长的巷子，并没有再发现那家旧书店。或许已经关门，又或许搬去了其他地方。

再往前是男孩觉得全南京城最好喝的奶茶店，虽然男孩并没有去过南京的几家奶茶店。一年前的奶茶店与一年后并没有区别，除了它的奶茶杯从原来会写上名字的创意杯，换成了现在普通的纯白纸杯。依旧狭小的店面昏暗的光，墙面上贴的复古纸页又多了几张。依稀看见里面那张女孩曾经写过的纸，铅笔字却已模糊。

男孩点了抹茶奶绿和爵士。

从奶茶店里出来，男孩便准备去不远的先锋书店赴约。

"你迟到了哦。"男孩对女孩说。

女孩连忙道歉："不好意思，我亲戚请我吃饭，刚吃完就着急地赶过来。"

"喏。"男孩给女孩递过奶茶，说，"给你的。赶快进去吧，希望还有座位。"

先锋书店的门面很小，但是向前一个转角，就可以看到一个大得无法想象的书店。可能是因为用地下停车室改建，整个书店充满油墨与金属混合的味道。这使女孩皱起了眉。她说："我讨厌金属味。"

果然没有了座位，就连后排走道也站满了人。"没想到会有这么多人，好像全南京城的文艺青年都聚集过来了。"男孩无奈地说。"跟我走。"女孩喝着奶绿，对着后一排的观众说："不好意思，可以挪挪挤一下吗？"观众竟然配合地向两边移动，空出刚刚好两个人的位置。男孩惊异地望向女孩，女孩回应似的露出骄傲的表情："看后面那些不好意思说的人，还是我的脸皮厚。"男孩坐在女孩身边，悄悄竖起大拇指。

男孩看着时不时玩手机的女孩，怕她有些无聊，问："你觉得有意思吗？""很有意思啊，因为我喜欢电影。"女孩点点头。男孩说："因为它是纪录片所以怕你会觉得无聊……话说，你是不是打翻了你的奶茶？"

女孩这才反应过来，原本放在脚边的奶茶被不小心地碰翻，绿色的抹茶蔓延了一地。女孩手忙脚乱地翻出包里的餐巾纸，看着一地狼藉吐了吐舌头。"算了，就这样放着吧，继续看片。"男孩无奈地耸肩，"话说你完全没有察觉？""没有啊。"女孩一脸无辜的表情，"不过也好，现在空气里都是抹茶味，也就不用担心金属气味了！"男孩苦笑地摇了摇头。

于是三个小时的纪录片在抹茶的气味里宣告结束。男孩跟着女孩离开放映场，低头看见女孩一步一个绿色抹茶的脚印，忍不住又笑了起来。女孩回过头，撇了撇嘴。

接下来男孩与女孩逛起了这家全国著名的书店，女孩每抱起一本书，都会可怜兮兮地对男孩说："你听见了吗？你难道没有听见这里的每一本书都在对我说，快点买我快点买我。""书店乃是非之地不可久留。"男孩言简意赅。女孩赞同地点点头，然后又向下一本书伸出了魔爪。

## 04

  傍晚,男孩与女孩在书店旁的一家麦当劳解决了晚餐。他们坐在靠窗的位置刚好可以看见街边正在发生的一切,玻璃中满是温暖的气息。女孩将头趴在桌子上,说:"不行了吃不下了,这个汉堡交给你了。"男孩眯眼:"你当我是猪啊!我吃饱了。"女孩挑眉,视线似要将男孩看穿。男孩无语,避开女孩的目光。他从口袋里掏出一根烟,几步走出麦当劳。女孩紧跟着三两步跳出来,拉起男孩的手,把汉堡直接硬塞给男孩。

  "喂……"男孩还没发声,女孩已经一溜烟跑进店里,并以一种什么也没发生什么也不知道的状态无视玻璃外男孩已经抓狂的表情。"啊,真是。"男孩因为点起了烟,不能进麦当劳把手中的累赘放下,但拿着一个汉堡站在麦当劳门口抽烟这种情况……男孩环顾四周,恰好看见一旁的地上躺着一个衣衫褴褛的流浪者。天无绝人之路,男孩这样想着,转手就将汉堡递给了流浪者。

  男孩吸完烟,重新走进店后径直走向点餐台,又要了一杯可乐。女孩好奇地跑到男孩跟前问:"怎么,你这么喜欢喝可乐啊?"男孩选择无视女孩,接过营业员递过来的可乐转身走出麦当劳,然后蹲下身子将可乐放在流浪者身前的地上。

  女孩急忙跟着男孩出来,说:"你怎么给他可乐?""有汉堡怎么能没可乐!"男孩偏执地说。"可是你怎么能给他冰的啊,他会生病的。"男孩一愣，一股被女孩完败的口气说："拜托！我要的是去冰可乐。再说，你把这些流浪者看得太脆弱了吧。喝杯冰可乐就会生病？喂喂，你要知道，像这一类人身体可好着呢。对于他们来说得病就意味着死亡，所以通常他们的免疫力比我们还厉害！""可是……反正你就是不该给他喝冰可乐！"

女孩的不依不饶让男孩一阵眩晕，直觉认为再纠结这个话题真能把自己气死，于是男孩急忙转移话题。这次男孩发现了女孩脚踝的红绳，问道："这是？""这个吗？"女孩抬起脚，说，"这原本是一个铃铛，一个朋友送的。可是前两天坏掉了，于是摘下了铃铛寄给妈妈修去了。"

## 05

女孩似乎只要在交通工具上，就会犯困，前一秒还活蹦乱跳的女孩，登上地铁靠在椅子上就像一只慵懒的猫缓缓睡着。

南京城一号线地铁分为直行线和南延线，男孩因为很光荣地坐错地铁，受到了女孩的奚落。"我是路痴我不识路就算了，你怎么能不识路呢！"女孩指着男孩义正词严地批评。而男孩在一旁小声嘀咕："说的好像你是路痴就天经地义一样。真是……"傍晚的一号线人头攒动，地铁上甚至连站的地方都没有。让男孩无法想象的是，女孩就算这样，也可以站在墙角边，倚靠扶手睡着了。

这真是一种让人羡慕的技能啊，男孩如此感叹。

出了地铁站还有四十分钟的车程，虽然大巴车站就在地铁站旁，但这个时间男孩很怀疑到底还有没有班车。于是他提议说："坐黑车吧，拼车的话也不是特别贵。"女孩犹豫了一下,点点头表示赞同。等到汽车发动,女孩突然说:"我晕车怎么办?"男孩疑惑地问:"出租车?""嗯,只晕小轿车一类,时间一长,头就会很晕很难受,严重的话有时候还会持续两三天。""原来晕车还有选择车型晕的啊,长知识了。"男孩说,"那你上车前为什么不说?""我忘记了。"女孩理所当然地回答道。男孩无语半晌,从牙缝里挤出三个字:"你赢了。"

抵达学校时天已经完全黑了下来,校门口各种小摊儿逐渐热闹起来,空气里飘浮着烤串特有的孜然气味。男孩像是想起了什么突然问起:"听说你在这里的餐馆打工?"女孩说:"是啊,不过现在不打了。大一课程特别紧,作业又有好多。每天下课就要赶到店里帮忙,一直到九点多,作业都来不及写。"

男孩与女孩走在校园里的小道上,因为在郊区的关系空气格外的好。要是晴天,夜晚抬头总会看到很多闪亮的星星。这个场景如同男孩幻想中的剧本一般,而不同的,并不是在等待许久后陪女孩一起下班,也并不是肩并肩。他们一前一后,女孩低头跟着男孩,沉默蔓延,无人开口。男孩不用回头去看女孩还在不在,她走路时鞋跟儿敲击地面的声响告诉男孩,女孩一直在跟着自己。

男孩开口,开玩笑地说:"你的鞋跟儿声音让我不用担心路痴的你会跑丢。""铃铛……"女孩依旧低着头,正在想着什么的模样。

"啊?"男孩没听明白。

"铃铛。"女孩抬起头,"以前可以听铃铛的声音呢。"

"哦……那么，晕车的状况……现在好些了吗？"

"嗯。好多了。"

## 06

新的一周同往常一般开始，原本也应该同往常一般的男孩的剧本，却被女孩彻底打乱了节奏。男孩不知在何时开始习惯对这个女孩说早安以及晚安，开始关注淘宝上琳琅满目的脚链铃铛，苦想着女孩究竟会喜欢哪一款。他记得女孩说过讨厌金属气味，那么纯银脚链应该不错。他也会情不自禁地关注空间里是否有女孩来过的足迹，或是在上课时注视女孩的背影，又在女孩有所察觉之前迅速转移视线。

但是女孩似乎从没有来过男孩的空间，也从未主动找过男孩说话，这让男孩觉得很是气馁。男孩自觉不该这样，因为他理智地想到，照这样发展下去所有可能可行的剧本都会向着悲剧结尾。于是男孩决定主动出击，那么主动出击的条件呢？男孩苦恼地思索着。

与此同时，远在南京大学的朋友给男孩发来私信：周六的南大讲座，很难得的哦，来不来？

在此之前男孩也去过一次南大，找小伙伴的同时顺便蹭了一堂号称南大文学系最美女教师的外国电影史课。记得那时走在南大那大得出奇的校园里，朋友对男孩说："有没有在这里看到很多美女啊？"男孩诚实地摇摇头："并不是很多，但也有很漂亮的。"朋友拍拍男孩的肩膀："当然不能和你们艺术学校比啦。但是你要知道，你在南大看见了美女，你想的是去和她聊聊天或者邀请她去喝一杯咖啡，而你在艺校看见一个美女，却只会想着和她上床。"

也不是啊，男孩自顾自地想着：我见到她只会想聊聊天，或者再结伴出去看场电影，请她喝咖啡……倒是没有这么文艺，大概她不符合美女这个前提？男孩摇了摇头，给女孩发去了私信：周六南大的讲座，有没有兴趣呀？男孩记得之前向女孩提起过自己在南大的蹭课，引得女孩一脸羡慕。似乎女孩对这一类新鲜事物都有尝试的欲望，上次还说要和男孩一起去酒吧玩，因为自己从来没去过。

那么拒绝的概率应该会很小吧。

事实上女孩拒绝了这个提议，虽然女孩看上去真的非常想去。女孩说那天她最好的闺密要来，她必须陪她玩。"你认得路吗就去当导游？"男孩表示怀疑。"我有嘴呀，可以问路的！"女孩立即反驳道。戳到女孩痛处的男孩哈哈一笑说："对哦，忘了你还有问路这种失传已久的技能。"

男孩最终决定陪女孩一起去新街口。"因为我的小伙伴也要来南京玩。"男孩给出这样的理由提出要与女孩同行。为了增强可信度男孩还顺带加入了些细节，"小伙伴要来看什么谭杰希的签售会，是在新街口那里举行的。"女孩信以为真。

## 07

男孩认为这周六是人生中过得最无聊的一天，可以载入人生史册的那种。他在送走女孩之后便一个人在新街口闲逛,然后从新街口一路走到鼓楼,在鼓楼地铁站旁听流浪歌手唱歌。换了七家麦当劳,把麦旋风所有的口味尝了个遍。最终虚度到下午五点半,在约定的碰面地点与女孩一同回学校。

男孩不着调地与女孩聊着天南海北的天,逗女孩笑,心里却在盘算着该如何对女孩开口。表白这种东西真的很折磨人。或者还是不说好,只是做普通朋友真的好吗?但说出来似乎连朋友都做不成。成功率该有多少,真的不需要精心安排一场浪漫的表白?

男孩与女孩一同坐上了回程的大巴,不同的位置一前一后。男孩后座靠窗,汴视因为车内灯光而反射出女孩身影的玻璃出神,而前座女孩的那个位置却根本发现不了男孩一直在看着自己。

然后车行,灯灭。黑暗,沉默。直至下车。

这次换作男孩跟在了女孩的身后。男孩沉默无声,谁也不知道他在思考着什么,只是突然间,男孩停下脚步,叫出了女孩的名字。

"你有男朋友吗?"

聪明的女孩像已经猜到了什么一般,说:"没有,快点走吧。"

"快点走吧",潜台词是不是让我不要再往下说了……

"做我女朋友吧。"

这真是史上最糟糕的告白了。

"你在开玩笑吧?"

你是在开玩笑的。潜台词是不是:已经给了你台阶,快点乖乖走下去……拒绝的意思已经很明显了吧。但都说到这一步了,不得到明确的答案会很不甘心吧。男孩自己都不知道哪儿来的这么大的勇气,果真今天早上不该喝三杯白开水?

"做我女朋友吧。"男孩十分认真地,一字一顿地说。

"那个……我不打算谈恋爱呢……至少三年内不打算谈恋爱……我们快点走吧。"女孩快步向前,如同怕被什么人撞见。

"那是拒绝喽?"男孩继续保持平静地追问,稳稳地跟上女孩。

拒绝的意思不是很明显吗!自己求打耳光的游戏很好玩吗?

女孩没有说话。

"那是答应了?"男孩咄咄逼人。

"不是……"女孩连忙说,声调却越变越小,"你很好,但是……"

"那是拒绝了啊……"男孩把这句话说给了自己听,女孩在前面依旧小声地说着拒绝的理由。

他突然间觉得很难受,仿佛夏季闷热午后的气压重新显现,心口莫名涌上彷徨的窒息感。原来他在那四十分钟的车程上所构思的剧本,真的很完美地发生了。果然剧本上是这么写的,导演就没有一个镜头拍错,没有一点出乎意料的对话。就连同这所有的反应,也倏地令人感受到厌烦。从开头,就有了结束的台词。如果让我早猜到了结尾,究竟能不能,不要让我对这个剧本的结尾感受到无趣与荒谬。不要让我觉得,原来做的这一切,看上去那样的无聊以及可笑。既然不能,接受与拒绝这种简单的选择题,也不该有这么多令人挫败和失望的借口吧。

## 08

男孩与女孩相互道别在宿舍门口。

同往常一样。

如同一切从未发生。

## 窗口的女人

文 | 喻北

**锦葵·幻象**

什么是真的呢?
什么是假的呢?
我养了一盆花,我养了一只猫。我养了一颗动荡的心。

男人的瞳孔是灰色的,没有生气,赤裸着脚在坚硬的地板上来来回回走动。他不会微笑,也不会哭泣,在黄昏里向窗口探出大半个身子,很久很久,脸上慢慢荡漾起平静舒适的表情。犹如春风袭来,枝丫上的花瓣纷纷掉落,一地的绚烂色彩。

在夜里,推开窗子,白色的窗帘随风飘动,银色的月光倾泻而下,男人的脸一半明一半暗隐匿在黑暗里。我坐在他的对面，轻轻支起画架，一笔一笔，细细勾勒。可以这样一直过很久，不需要计算时间，不需要担心对方是否气恼，我们就以这样的姿势消磨大量的时光。

有时他在给花浇水，细碎的头发遮住他的额头，花朵肆无忌惮地生长，丝毫不惧怕即将到来的寒冬。有时候他在午后的阳光中翻阅厚厚的书本，缓慢地读每一个句子，空气中散发着纸张陈旧的香味。

我从他的背后环抱住他时，他第一次出现了惊讶的表情，但也就是一瞬间而已。他的目光穿越过我，灰色的瞳孔里倒映出堆在墙角的书籍，没有我的倒影。随后恢复平淡，似乎刚才的一切都不曾发生。枯黄的梧桐树叶掉落在男人的肩头上，他抬起头，稀疏的树叶被阳光镀上金色。他微微眯着眼，任由细碎的温暖撒在身上。

猫咪靠在我的脚上，舒服地伸懒腰。

我再也没有依靠。

### 未燃·回忆

如果所有事物都消失了，许下的诺言，也就不会兑现了。

我总是在做一个梦。梦回到高中的时候，第一次见到他。高高的山坡上，春日里的风轻柔地吹过，可以看到远处河流波光粼粼，破船停泊在岸边。岸上的白桦树林沙沙地摆动树叶，草还很嫩，是翠绿色的。少年躺在山坡上，数学书盖住了脸，两条腿一晃一晃。校服上沾上了些许草的汁液。天很高很高，云很白很白，云朵飞快地向前跑。

所有一切都那么清晰，好像时间过去这么久都没有一丝磨损。鲜明如昨日。

也许是，根本就舍不得遗忘吧。

就这么认识了，自然而然地发展在故事里，没有任何突兀之感。

偶尔也会出现很傻的对话："锦葵，你为什么叫锦葵？"

对方很不识相地背过头，回一句："未燃，你为什么叫未燃？"

"喂，你认真回答我的问题。"

"你别吵我，我很困。"

对话总是被要睡觉的锦葵掐断，然后两个人沉默着，躺在山坡上，想各自的事情。

好像也没有说过很多话，也不曾大声笑闹过，大多数的时候都在沉默。

可那却是我生命中最温柔的时光。

### 锦葵·幻象

我只想在暗无天日的房间里，与你厮守到老。

烟灰缸里堆满烟蒂，还有残余的星火在透明的烟灰缸里燃烧，渐渐熄灭。

外面开始下雨，淅淅沥沥，从石板的缝隙中渗入泥土。窗户紧闭着，白窗帘像女人的裹尸布，雨打在玻璃上的声音在黑夜里要钻到人的心里去。男人的脸贴在窗户上，惨白的脸色，没有表情，看水珠融合，越来越大，流下，破裂，周而复始。一直很有趣的无聊游戏。

　　走过去抱住他，他的皮肤是冰冷的，比这个冬天更冷，没有温度，听不到心跳声。锦葵，锦葵。我在心里默念。男人的动作依旧没变，没有任何热切或冷漠的回应。

　　男人坐到床上，打开灯，昏黄的灯下五官清晰起来。他拿出那本厚厚的书，翻到夹有书签的那一页，又开始缓慢地读。

　　我把画架支起来，他微微蹙着的眉，黑色边框的眼镜，放在腿上的红色书皮的书本，白色的有花朵暗纹的床单。一切都浮现在画纸上。

　　一切都按照我的想象进行着，我们以所有人都打扰不了的方式，只有彼此地生活下去。

　　黑夜到来，我们都将清醒。

### 未燃·回忆

　　你看啊，生命美好得就像一场幻象。

　　天空湛蓝如洗，露出它原本的颜色，白云排列成整齐的样子，像海洋一样，清凉扑面而来。

　　"锦葵，我们把它画下来吧。"

　　"你自己倒是赶紧跟上。"少年把画架架起来，坐在教学楼的阶梯上。

好像远处有歌声传来，又好像没有。隐隐约约地，可能是从对面教学楼的音乐室传出的，又可能只是幻听。时光不徐不疾地从每个生命上流淌过去，宁静、舒适。头发摩擦着脸颊，有些痒。

"锦葵，你想报考什么大学？"

"啊，不知道，没想过。"

"你这家伙，我们可是高三的学生了。"

"唔……所以呢？"

"不想跟你说话了。"

突然觉得，自己都没有好好和你交流过。是因为我不懂得珍惜，还是因为，我从来都自以为是地以为还有很多很多以后呢。

现在的我，已经解不出这个答案。

### 锦葵·幻象

春天来了，我所要做的，仅仅是拥抱它。

我把座椅上的围巾和毛衣清洗干净，将它们晾在楼顶上。被子也该拿出去晒一晒，等日头落下会闻到阳光的味道。梧桐树有些驼，繁复的枝干探到楼顶，绿色的小叶子争先恐后地从灰黑的木头里钻出来。我们的小平房就隐蔽在树木中央，风一吹，楼顶上、院子里、书桌上、地板上都有梧桐叶的踪迹。

男人铺了张席子，坐在上面，系在屋子上的蓝白色风筝飘浮在天空里。他眯了眯眼睛，转身回楼下。闲暇时喜欢作画，这一直是他的习惯。不需要长时间的打算，不需要情绪的酝酿，只要手执画笔，就可以将内心所见渲染于纸上。

天色将晚，风里有股凉意，天空黄得发红，成群结队的黑色的不知名的鸟飞得很低，仿佛伸手就能触摸到。

男人的画也已经画完了——女人的长发扎起来了，在一片绿色之间，温暖的褐色瞳孔里微微闪着光，好像是在微笑。画的右下角微不可见地署着名：夏未燃。

**未燃·回忆**

初雪，我还在你身边。

高三那年参加了某个绘画比赛，去北方参加复赛的时候小城里已经飘雪了，好像是为我们送别。

招待所是复古的洋楼，墙壁褪色成灰白。雪很大，一下就是一天，楼下院子里厚厚一层。房间里没有暖气，我下意识地看看锦葵，他摇摇头表示还可以适应。

天黑得很快，不一会儿房间里黑漆漆的。没有开灯。锦葵坐在窗台上，有些漠然地看着灯火通明的街道，绚烂的颜色流转过他的瞳孔。

"未燃，我要去国外留学。"

他转过头，我站在他面前需要微微仰视，伤心或喜悦，我都看不清楚。但我像傻瓜一样的悲伤，彻彻底底落到他的眼底。

"哦……恭喜啊。"

他跳下来，揉揉我的头发："明天的比赛，要加油。"

为什么我总是看不清你。
为什么你总是那么遥远呢。
近在咫尺，我却永远不能和你靠近。
锦葵。

### 锦葵·幻象

沙漏里的沙子在一点一点流失，一不小心见了底。
男人消失了。
卧室、客厅、屋顶、阳台……
没有踪影。
花朵兀自开放，依旧如昨日鲜艳。画室里满房画，竞相缠绕出虚无的世界。
锦葵。锦葵。
最初也是这样唤他，像深情的呢喃，像独自的诉说。后来某一天，他突然出现在她的生活里。
她隐埋在绿林深处的房子中，也隐埋了只有她能够看到的他。他完全属于她，再无任何事可以将他们分开。她是这样忐忑与满足。
以至于不曾设想他的离去。

她好像回到那天,躺在地板上,恍惚中看到已死去的少年靠在窗台上,身体往后仰,一直一直,露出安宁的神情。

那正是她最想看到的模样。不同于以往,少年一贯淡漠的脸上温暖流转。窗外阳光正好。

所有不过是幻想。

**未燃·回忆**

以前想过,好想死在你怀里。

比赛很快结束,参赛结果需要等几天。大部分时间都窝在房间里,看从小店淘来的盗版碟子,黑白片子。下雨的街道,沉默的男人,仿佛要赴约,又像是独自游荡。他这样匆忙又缓慢地走。

"或许是他也不明白需要做什么。"看完后锦葵说。和男人一样的表情。

眉头深皱,却无焦虑。

"以后再见不到了。锦葵,我不会给你写信。"

他深深地望着我,突然笑了:"好。"

这是我看过他的最后一个笑容。

"我真的死在你怀里了。"他跟我说。医生用白布遮住了他,穿过病房,穿过走廊,到停尸房。

再见到你,你还能认出我吗?我都没时间抚摸你,没能够告诉你,不要忘记我,跋山涉水我也要追寻你。

如果灾难来临那刻我推开你，不去拥抱你，你能够记得怀念我吗？

**终途·逝去**

我已经不记得很多事情。年幼的时候喜欢睡午觉，每次睁开眼睛从阁楼看出去，觉得一切都很缥缈。

这个金色的，美丽的世界。

一日一日，我在现实存活，又或许是在梦里存活。直到母亲的声音从楼下传来，浮在空中的自己才终于落地。

而后来，他们都消失了。

我花了好多时间，才知道消失是一瞬间的事，它不给人准备的机会。

可是我是相信有亡灵存在的，回家的时候，我知道，有人在看我，她朝我笑。而后来，她的气息从房间里消散了。

锦葵。遇到你是最庆幸的事。我永远记得高二的那年，看到躺在草地的你。一切都很美，阳光恰到好处。那一刻我好像看到了天使。

而你告诉我，你要出国了。我除了祝贺，什么都不能做。天使也要离开了。

本来我以为你能陪我很久，久到世界尽头。而后来，你也确实停留在我的房子里。

这一次，我不敢出去。我要陪着你。

这一次，却换成了我注视你。

那天早上起来的时候，我没看到你。你也消失了。我再也不敢入睡。我是活在过往的人，我的执念绑住了自己。

现在，想念你们的时候，我就靠在窗台上，微眯着眼，久久地，感受风拂过面颊的宁静。

# Part 3 时光列车

时光列车 ——— 文｜郑倩

运金者 ——— 文｜张子瞻

京巴 ——— 文｜王子卿

## 时光列车

文 | 郑倩

  时光是一列没有终点的列车，在前进中熬不过时光的人提早下车，在日落之后只有一双纯净明眸于黑夜独享星辰。在你沉寂之时，漫天烟火，苍天无声，我伸手却做不到挽留，在梦境里，待我梦醒时分依旧可以许你一场盛世美梦。

  巴金在被问到"是什么东西把我抚育大的"这一问题时，脑海中浮现"爱"一字。不错，爱，这个字眼在人的生命里被赋予了极其深刻的意义。而父母在一个人从小到大的生活中都承担起了爱的主体。贾平凹说，严厉的父亲是他生命里一个很重要的人物，在他成长的道路上和他写作的道路上都给予了他帮助以及灵感；杨绛先生的父亲对孩子是宽容的，她说父亲的教育原则是孔子的"大叩则大鸣，小叩则小鸣"；莫言说，父亲咳嗽一声自己汗都不敢出。

可以说父母是最朴素的人文。"人生的短促和悲苦，大义上我全明白。"贾平凹说，"但面对父亲的死我却无法解脱。"没有什么人可以在彻夜的痛哭之后，天亮之时表演得若无其事。这是上天给我们的考验。

那天天亮的时候我最后一个从医院里走出来，门外聚集的一堆人都是我们的亲戚朋友，他们关切地向我走来，沉默不语，但是用力地搂住了我的肩，然后换来了我的泣不成声。

我是一个射手座的孩子，天生的散漫让我总是很难维持房间的干净，每一次母亲仔仔细细地整理好我的房间之后，我一回家就恢复了原样。她总是告诉我自己用完的东西要记得放回原处，这样以后就不用到处找了，可是我就是一个用完东西会随便扔的人，总是记不得。我的发卡用完就不知道去哪里了，她每一次重新买好多回来的时候我都会说："干吗买这么多？"她就会不留情面地回答我："都丢了难道不买吗？"可是现在的你已经没有精力再为我整理房间了，这个时候我才发现原来我不是不会整理房间，当你不能再为我做时，我已经能为你做了。

我是一个咋咋呼呼的女孩子，妹妹总是和我说："你就不能讲话小声一点吗？"我都会不好意思地笑笑，告诉她我在其他地方绝不会这样的，只不过和家里人聊得太开心了才会放声讲话。现在的我还是一个学生，每天要在学校里上课，不能天天陪在母亲身边。当我回到家时，我会陪着母亲聊天，告诉她我最近看了什么书，书上又说了什么；我听到了什么有哲理的话也会跟她聊聊。她是一个爱看书的妈妈。如今的我聊天时依旧会放声长谈，只是少了一个人和我来去自如的对话。

当母亲淡淡地说出自己再也帮不了我们姐妹时，我赶快制止了她的这种想法。从小到大她已经帮助了我们太多，是母亲塑造了我们姐妹的人生观、价值观，她奠定了我们小时候学习的基础，这让我们在很长的一段时间里游刃有余。我说我们家庭的每一个人都是深爱着对方的，你帮助我，我也要帮助你的。你说拖累二字，这种话是决不许再说出口的，这怎么能算拖累呢，共渡难关罢了。

时光飞跑，把平地都变成了高楼，把我们变成了有担当的年轻人，把你们变成了时光里最有风韵的模样。过去的我们已成过往，在我觉得自己已经长大了的时候，发现心还没成熟；当我觉得我还没长大要再等等时却发现，心变了人就长大了。我坚信别人也会以"尝见里人称母寿"形容我们家的。

四十多年里，你说你有好几件后悔的事，嘱咐我们千万要记得。妈妈，你放心，我们向来最听你的话了，不是吗？

## 运金者

文 | 张子瞻

### 序

早晨九点半,他吃过早餐刚要出门,却被弟弟阿松拦下了。

"哥,你把这个拿上。"阿松递给他一只锋利的匕首。

他笑笑,没有接,而是拍拍自己的口袋。"阿松,你别担心,我有枪。"

"枪的声音太大,你还是带把刀吧。哥,我昨晚想了一夜,要不你别干这个了,最近我左眼皮总跳,老感觉你会出事……我也可以出去打工赚钱啊。"

他朝屋外看看,无奈地笑了:"你能去哪儿打工?这么多年了,只靠打工的话我们根本走不出这里。弟,你别担心。我只做这一次。做完咱们就搬走。"

他收下了阿松的匕首。刚要走，阿松却让他先等等。阿松转身跑回屋子里拿出一件深灰色外套，给他披上："这件衣服口袋深，能装很多东西……"

"行。那我走了。"

"哥，你要快去快回。"

"最多三四天。你好好在家，不要乱跑。"

"嗯。"

**安山村**

这里是安山村。地处群山之间，穷乡僻壤，经济落后，鸟不拉屎的地方。

但是，在数年之前，一个大城市里来的外乡人，却斥巨资承包下了安山村最北边那片怎么开垦都肥沃不起来的荒地，一次包了整整三十年。当时全村人以为，他就是个人傻钱多的土豪罢了。结果用了不到一年时间，那片荒地上却发掘出来了大量黄金。全村人看着分外眼红，却又无可奈何。那片土地是人家的，从地底挖出什么东西，自然都要归属于人家。

不过对于村里那些贫穷到吃了上顿没下顿的年轻人来说，这倒是一件好事。

安山村三面环山，唯一的出口在东边，向东一直走有一个异常破旧的车站，每四天只经过一班火车。那火车站简陋到几乎没什么安检系统，只有一个站台，人也很少。所以，把凶器带上火车，根本不是什么难事。但是，要想把一批批黄金从这里运出去，就不那么容易了。

前不久，就有四个运送黄金的年轻人，被劫匪残忍地杀害。死状凄惨，身上的黄金也被劫走了。可是，安山村的公安局从来都不会管这些事——在安山村所有村民的眼里，那些把黄金偷偷运出去的人都是与村子作对的叛徒，死不足惜。这是一个极其危险的职业，但也容易赚大钱，成功地运出一批黄金，就能得到数万元的报酬。所以，除了那些走投无路的人，几乎没有人愿意干这一行。

当然，为了以防万一，运金者身上都会配有一把防身的枪。但尽管如此，这个职业仍然充满了未知性。

**阿兆**

我上了车，找到位置坐了下来。其实我能感受到弟弟很担心我。但是没办法——我曾经从早到晚连续打三份工，累死累活地赚那一点刚够生活的工资，每天还要受到同村人的排挤与侮辱；但是，没办法，我们的父母死得早，我们没有依靠，弟弟还要上学，我不能让他和我一样没出息。所以，我需要这笔钱。我已经打算好了，拿到报酬，就带着弟弟从这个该死的小村庄搬出去，彻底和这里的一切断绝联系。

我摸了摸自己左手边的口袋。黄金就在里面。

这是我第一次运送黄金。我发誓我只做这一次。

可是，我环顾了一下四周，总感觉有些不对劲。

难道阿松的预感这么准？我仔细地瞧了瞧，这节车厢其实没有多少人。几个背包客，几位老人，还有一位大衣男……等等，大衣男？

那个男人坐在尽头靠窗的位置，身穿一件深黑色的风衣。这种风衣我从没有在村里见过。他眼神飘忽不定，隔一会儿就摸一摸右手边的口袋，难道他在摸枪？

这时，他朝我这里瞄了一眼。我们四目相对。我能从他的眼神里看出来，他绝不是个善茬儿。

我长舒一口气，手慢慢伸向装有手枪的口袋，然后忽然起身，快步朝车厢后面走去。

大衣男立刻追了上来。

我不由自主地加快了脚步。我现在确信，这个男的一定不是好人。他八成是来抢我的黄金的。但是，他总不能在火车上就动手吧？众目睽睽之下，他没这个胆子。他一定想等我到车厢之间的衔接口，或是车上某个隐蔽处再动手杀我，然后再把我抛尸车外。没错，一定是这样。

我越想越怕。不由自主小跑了起来。可是我无处可躲。现在这个时候，谁会帮我？我只是个死了也不会有人追查的运金人而已。可是，我如果不幸死了，阿松怎么办？他才初中毕业，无依无靠的……不行，我不能就这么死了。

我的手伸进口袋，握着手枪。我已经走到了第十六节车厢。我不再往前走了，而是闪进了火车的卫生间。

我摸着枪，手一直在颤抖。我忽然想到，如果在这车上贸然开枪，势必会引起恐慌。而且，私自携带枪支本就是违法的事情，如果让警察逮捕……不行，我还不能开枪。我的手又伸向了另一个口袋，里面装着阿松给我的匕首。

我半掩着门，听见那个人沉重的脚步声，正由远及近朝这边走来。我谋划着该怎么对付他：等他走到这里，就把他拖进卫生间，然后……

我还没想好，那人已经走到了卫生间外面，一下推开了门。他正想说什么，却被我一把拉进了卫生间。

时间由不得我认真考虑，我必须马上解决他。我亮出匕首，刺向了他的心脏。但令我没想到的是，这家伙的力气比我大很多，他抵抗了一阵，将我用力推向一边。这时，我听到了"啪嗒"一声，自己口袋里的枪掉在了地上。我首先反应了过来，直接抓起枪对准了他的脑袋。

"哎……"

他的话还没有说出口，我就扣动了扳机。

"砰！"的一声，枪声瞬间响彻了整节列车。

**阿松的日记**

今天上午，哥哥带着一袋黄金出发了。我把我之前买的匕首送给了他，可我还是有一种不祥的感觉。这种感觉说也说不清楚。他出发后，我在家也无心做功课，于是就想着出去走走。走着走着我就在村东头碰见了刘叔。刘叔人很好，以前对我们也很照顾，我陪他聊了一会儿，很快就聊起了我的哥哥。我说，今天哥哥他去运送黄金了。刘叔听完脸色一下子就变了，说你们难道不知道运黄金会死人的吗？之前就已经死掉四个人了。我知道这一行有生命危险，但还不知道居然已经死掉了四个……刘叔继续说，死的那几个，其中有两个人直接被歹徒拿枪爆了头；另一个人被捅了十几刀后坠崖；最后一位是个女人，尸体都没有找到，像是人间蒸发了一样。我很惊讶，我从没想到运送黄金的风险会有这么大。我当时问刘叔怎么办，刘叔只是说，祈祷你哥哥能平安回来吧。

和刘叔告别后，我很快地回了家，坐在桌前写下这篇日记。那种不安的异样感觉愈加强烈。我总觉得哥哥这次的行程凶多吉少。我们又没有电话可以联系……不行，不行。我必须要想个法子了。

**阿兆**

我坐在审讯室里，对面是两个警察，一高一矮，一胖一瘦。那个高个儿胖警察首先发问："说说吧，为什么杀人？"

我其实已经想好了。火车上那声枪响过后，我听到卫生间外乱作一团。一些乘警过来开始拍打厕所的门。那个时候我就已经想好该怎么解释这一切了。我尽量修饰了一下自己的语气，对两位警察说："我今天负责替别人运送一包黄金，你们是知道的，做我们这行，很容易被歹徒盯上。我刚上车就发现这个男人一直在盯着我看。我往后面的车厢走，他还跟着我。而且我当时怀疑他有枪。等到了卫生间旁边，他一把就将我推了进去……果然没错，他确实有枪。他用枪指着我的脑袋，让我把黄金交给他。我只能乖乖听话。他拿到黄金就扔出了窗外……"

我几乎一口气说完，还想继续说，矮个儿瘦警察却打断了我："他用枪指着你？那为什么他被杀了？"

我早预料到会有这样的问题，随即解释道："因为在我之前就出现过几次命案了，死的都是我们这些运送黄金的人。所以我必须要趁他不注意先下手为强，要不然死的就是我了。"

高个儿胖警察说道："你刚才说他把黄金扔到了窗外……也就是说，他还有同伙？"

这个问题我也想到了。我回答："是的，有一辆汽车一直在跟着火车，他把黄金抛出去后，汽车上下来几个人，立马把黄金捡走了。那些人一定是他的同伙。"

审讯到这里，两个警察看了看我的口供，暂时没有发现什么漏洞。而且他们也没有确凿的证据，如果这个案件和我说的一样，那么我就是正当防卫，他们就要放我走。

可是，还有另一种情况。那就是他们去查死去的大衣男的户口。我并不确定他就是匪徒，万一他是个普通人……不过我的担心是多余的。警察们查了半天，根本查不到大衣男的个人资料。也就是说，他是黑户，那么他劫匪的身份基本可以确定了。

我自己想想也是后怕：那男的还真是劫匪。如果当时我不开枪打死他，说不定现在的我已经死了。

可是警察局还是不肯放我走。但我知道，他们把我扣押在这儿，如果没有证据定我的罪，隔一段时间总会将我释放的。我只是比较担心阿松，不知道他一个人在家过得好不好，这么多天了，我很想见他一面。

一转眼就到了第六天，我已经在看守所待得精疲力竭了。看守所里太热，我把自己的深灰色外套扔在了一边。我其实早就构想好了，等我出去，我要找回我的黄金，然后带着黄金直接回去找阿松，有了这些黄金，想去哪儿就去哪儿，反正没人知道。

那天下午，他们将我带出去做最后的审问。

只是，这次他们搡出来了一位老太太做证人。

这位老太太我记得，当时就坐在我杀死大衣男的那节车厢里。高个儿胖警察指着我问老太太："老人家，你说枪声响起时你就坐在那班火车上，那你认得这个人吗？"

老太太推推老花镜，仔细地瞧了瞧我，说："嗯嗯！认得认得！"

胖警察说道："那您当时在火车上都看到什么了？"

老太太想了想："我看到一个人推着一个大衣男进了卫生间里。"

胖警察问："是这个人推的吗？"

老太太想也没想说："是！"

绝望紧紧地揪住了我的心脏。

胖警察笑了。看来，他很满意这个结果。他对我身后站着的警察说："行了，可以把他带回去了。"

就这样结束了吗？我有些不甘心地看着老太太和胖警察。后面的警察已经开始拉我起来了。不行，我不能就这样被带走。这样的判决也未免太过草率了。

"请等一下！"我对他们说。我决定要最后一搏。

胖警察正搡着老太太准备离开，听见我的声音，有些不耐烦地回头问："怎么了？你还有什么事？"

我平静地说:"能不能让我再问一个问题?"

可能是胖警察想看看我到底还会耍什么花样。他转过来笑了笑说道:"你问。"

我盯着老太太那双浑浊的眼睛,问道:"老人家,您还记得我在列车上穿的是什么衣服吗?"

老太太一时语塞。她想了想说:"你……就穿的你身上这件啊!就这件衬衣!"

我得意地笑了。我发现胖警察的脸色在慢慢变化。

我问老太太:"老人家,您确定吗?"

老太太说:"确定……吧。"

我转头问胖警察:"警察先生,您还记得当时你们把我带下车时的情景吧?我身上可是穿了一件深灰色外套的。只是这几天我觉得你们这儿太热就脱了,现在还在里屋放着。这位老太太连衣服都记不住,怎么可能记得是谁把谁推进了卫生间?"

我感觉自己的辩解相当完美。

胖警察有些难堪,却仍不甘心地问老太太:"您能再细致地回忆一下吗?到底是不是他把那个人推进了卫生间?"

"嗯……我觉得……可能……是吧?"老太太语气慢了下来。

**阿松的日记**

今天已经是哥哥离开家的第七天了。

他说好三四天就回来的。

我觉得他一定遇上了什么麻烦。但是不应该呀。据刘叔说,那个人的办事效率很高,应该不会出什么差错的。

可为什么他还是不回来?难道说发生了其他事情?

**阿兆**

我终于从警察局走了出来。

算起来,这已经是我出来的第八天了。我在警察局耽误了整整七天时间。真是够麻烦的。幸好,我现在出来了,呼吸着外面的新鲜空气,我感觉畅快无比。

现在,我需要去找那袋黄金了。仔细想想,那些警察还真是笨得可以,争执了一个星期,来让一位老太太做证人,结果还是让我蒙混过去了。真的好险。想到这儿,我又不自觉地笑了起来。不过我知道现在不是笑的时候,我得赶紧坐上那一班火车,拿走黄金,回去找阿松。

上了火车,我直接去了第十六号车厢。趁没人注意的时候,溜进了厕所,锁上门,蹲下去把手伸进那块破铁皮底下,然后松了一口气,还好,那袋黄金还在。

现在,它们都是我的了。

我已经不准备去和那倒霉的外地人做交易了。现在这袋黄金就是我的。反正我只做这一次,这包黄金肯定要比那十万元酬金值钱。我已经打算好了,下了车,立马回家,带上阿松,去一个大城市好好地生活。

我正这样盘算着，忽然我看到了一个熟悉的人，正朝我这边走来。

他和我对视了一眼，我的心一颤。

什么情况？他怎么会在这里？

他没有认出我来，可我一眼就认出了他。他就是黄金的主人，最终要付我酬金的那个人。我将外套连着的帽子戴到头上，又摸了摸自己的胡楂儿。嗯，我的模样与两个月前相比还是变化了一些，我想，他一定不会认出我。

但是，他怎么会出现在这里？

也许是之前出了太多次意外，他想过来亲自看看吧。我懒得猜。

这时，他走到了我身边，却又放慢了脚步，他正盯着我看。我紧握着满是汗渍的手，一遍又一遍在心里默念，别在这儿停，别在这儿停……赶快走，赶快走……

可是，他还是坐到了我身边，轻轻地拍了拍我。

我突然感到心脏骤停了一下。我不敢看他，只是将脸扭到一边。

"不好意思……"他开口对我说，倒也保持着城里人的涵养，"我是想问一下，你有没有兴趣运送一批黄金？我会给你很丰厚的报酬。"

"没……没有……"我根本不敢看他。刚想站起来走，却被他拉住了胳膊。

"我会给你很多钱的。"他将我按了下来，"考虑一下，我觉得你需要这份工作。很容易做的，就是每周坐两趟火车，把黄金交给我。"

"我不需要钱……不用……不用了。"我低声回绝。

"你再考虑考虑。"他又拍了拍我，"这活儿不脏不累的，薪酬很高。"

"真的不用了！"我声音提高了一些，心里早就念了无数遍"快滚啊你"。

他笑了笑,说:"这里有一张我的名片,给你,如果你将来想做了可以给我打电话。"他递给我一张名片,手指触到了我的胳膊。我浑身一激灵,一把甩开了他的手。他有些尴尬地看着我,我连忙站起来说:"抱歉……抱歉……我有工作……我……我到站了。"

我觉得自己浑身的骨头都抽筋了,一阵又一阵地泛着酸。我不断地发抖,如果他继续说下去,我肯定会受不了的。我逃命似的离开了那节车厢,一直往前走去。

已经八天了。我不能再耽搁下去。我现在要立马回家,回去见阿松。

正巧,火车在此时停站了。我如释重负,连忙逃出了火车站,直奔家的方向。

**阿松的日记**

哥哥死了!
他死了!

虽然是大家的传言,不过基本确信就是真的。我哥哥他……一星期前在火车上被杀害……

不行……我得去找他。对,我要去找他,至少要见到哥哥的尸首。

**阿兆**

我很快地走到了家门口。我早已迫不及待了,在门外就开始喊阿松的名字。连续叫了几声,没人答应。

他没在家?

不会的啊。他平时都不怎么出门的,唯一去的地方只有学校。

我又喊了一句,还是没人应。推门进去一看,他真的不在家。

他能去哪儿?

我坐下来,想着所有可能发生的情况。现在是暑假,他不会去学校;还是他学坏了?他觉得我把他抛弃了?不,这也不太可能啊。这附近哪里还有他能去的地方?周围的邻居……陈叔?

我胡乱洗了把脸,跑出门奔向陈叔家。

到了他家,刚想开口,却发现陈叔的脸色不太对。他脸上写满了惊慌与诧异,我连忙问他:"陈叔,你见着我弟了吗?他现在不在家!"

陈叔没有回答我,而是说:"你……你怎么回来了?很多人都以为你死了!"

我急忙说:"死的人不是我!是另一个男的!哎呀,陈叔,你见着我弟没有?"

"有……有,他走之前还来我这儿了。"陈叔说,"他知道这事后在我这儿哭了好久,说要去找你。我拦也拦不住。他直接去了负责这案子的公安局。"

"可是……"我想到了一种情况,"这里的火车只在今天往返啊!下一班还要再等四天。难道他是……"我停顿了一下,看着陈叔的眼睛,难以置信,"难道他是走着去的?"

陈叔叹了一口气,说:"是。确切地说是跑着去的。他在半天前就走了,估计现在已经到警局了。"

我感到一阵莫名的揪心,心里好像被什么东西堵住了。匆忙向陈叔答谢后,我连家也没回直接跑去了火车站。如果我跑得快一点,也许可以赶上今晚最后一班火车。

到了火车站,在那个破旧的售票窗口即将关闭的时候,我一下抢先挡住了。那售票员早就认识了我,话也没说直接塞给了我一张车票。

于是,我第三次坐上了这列火车。我想,这次我到了警察局,一定要好好拥抱一下阿松。有了这些黄金,随便卖掉一些,就足够带着阿松去繁华的大城市过更好的生活。想到这儿我不由自主地笑了起来,未来真的是一片光明啊,现在,就差这一步了。只要我到达警察局,只要让我见到阿松,一切都会好起来的。

这时,我的右肩膀突然被重重地拍了一下。

## 阿松

当我到达警察局的时候,已经是晚上十一点钟了。周围一片漆黑,荒无人烟,怪吓人的。我加快脚步,推门进了警局。里面坐着一位值班的男警察。我跑过去,喘了喘气说:"我来认领我哥哥的尸首。"

男警察看看我,问道:"你哥哥是谁?"

我如实回答:"就是前几天死的那个人,送到你们这儿了。"

"那你等等,我联系一下。"

男警察拨打了一个电话,断断续续地说了几句,然后挂断。过了不久,一个高个儿胖警官下来了。

"就是他?"胖警官指了指我。

男警察说是。胖警官对我说:"跟我来这边。"

他带着我上楼,拐了两个弯,走到了殓尸房里。"你看看那是不是你哥哥。"我赶忙跑了上去。

居然不是哥哥。

这是一个穿黑衣服的陌生男子。等等,我怎么有点眼熟?

但是怎么也想不起来在哪儿见过了。真奇怪。

我对胖警官说:"这不是我哥哥。那天还有没有其他的人死了?"胖警官懒懒地打了一个哈欠,不耐烦地说:"你不是成心来捣乱的吧?就这一个人。"

"这不是我哥哥。"我有点沮丧。

胖警官走过来推了推我:"不是的话就赶快走吧!快回家睡觉吧!"我有些不甘心,对警官说:"但我一定见过他!"

胖警官停止了推我的动作,疑惑地指了指尸体问我:"你见过这个人?"

"是!"我肯定道,"我绝对见过,但是,暂时想不起来了……警官,这么晚了,能不能让我在你们这里留宿一夜?也让我好好想想。"

"你当警察局是旅馆啊!"胖警官有些生气,"不过……你如果见过这个人,可能会对案件的进展有帮助,今晚留下也行,但是,你不要乱跑!另外,仔细回想一下这个人,你到底认不认识!想好了及时告诉我!"

"好的!"我赶快答应了下来。胖警察又打了一个哈欠,看起来他已经非常困了。"跟我来吧。"他手指了指门口。

我应了一声,准备离开,回头又看了一眼那个大衣男。是的,我绝对见过他,而且应该是个挺熟悉的人。难道是……我忽然联想到了陈叔。

"警官!我想起来他是谁了!"

**阿兆**

那个矮个儿瘦警察拍了一下我,坐在了我身边。

他怎么会在这儿?我没敢看他的表情,心里瞬间变得忐忑不安。难道他们掌握到证据了?我又要被抓走了?

"这么巧啊?"他嘿嘿一笑。气氛立刻轻松了下来。我稍稍松了一口气。看来他并不是来缉拿我的。

我也笑笑说:"啊,真巧。"

我们沉默了一会儿,他环视了一下周围,没多少人,于是点上了一根烟,还问我抽不抽。现在这种情况,我怎么会有心思抽烟。我笑笑说:"不抽,不抽。"

"你怎么又坐上这班车了?"他吐了一口烟圈,随意问道。

"嗯……我又有点事情需要去外面。"我心想,就是去你们那个警局找我弟弟啊,"您呢?怎么坐火车了?"

"我啊?我来安山村出差,正要回去。"他轻描淡写道,"倒是你,你不是刚回来吗，怎么又出去办事了？"

我想了一下，如果我把自己的事情告诉他，好像也没什么关系，说不准他还能帮我找到阿松。于是我清了清嗓子，说道："我是去找我弟弟，他以为死的那个大衣男是我。你不知道，这几天村子里都传遍了，都以为我死了。安山村地方小，消息也很闭塞，所以越传越离谱。我弟弟很担忧，就连夜着急忙慌地跑去你们警局认领尸体去了。"我说完笑了起来，他也跟着笑。他笑完说："是这样啊？那我帮你问问吧。如果他到了我们警局，我让同事们把他留下，免得你们又走岔了。"我正在想要不要答应，他却已经拿出手机拨了电话。

我不清楚平时警察打电话都有什么习惯，但是我坐在他旁边，根本没听到他说一句完整的话。全是"嗯啊"的断句，难道警察打电话都这样？一打就十几分钟。真是奇怪，不就是问问我弟弟在不在吗？需要这么长时间？

他最后说了一句"好的"，随后挂断了电话。

怎么总觉得不对劲呢。

他笑着说："你弟弟在我们警局呢。我让同事帮忙照看他了。别担心。"

我心头的巨石终于缓缓落地。看来是我揣测过度了。这位瘦警察还是很平易近人的。

很快我们就到了目的地。他带着我向警察局走去。

我有点激动，终于能见到弟弟了。

**阿松**

胖警官让我坐下来，慢慢说。

我仔细地梳理了一下思路，再次确信那个人就是他。我对警官说："那是我找来给哥哥的保镖！他怎么死在这里了？"我觉得很奇怪，"我还是通过村子里的陈叔联系到了这个保镖，陈叔的人脉很广，认识黑市上的人。因为我哥哥要去运送黄金，我很担心他，所以我就想了这么个办法。"

我看到胖警官的脸色比刚才严肃多了，他低头做了一下笔记，说："你继续讲。"

"我花光了自己所有的钱，才请到了这个保镖。不过，他怎么被人杀了？"我很惊讶，也很疑惑。我存了一个学期的钱，给哥哥找了黑市上最昂贵的保镖，陈叔也说，他的效率极佳。

这时，胖警官接了个电话。他朝电话里"嗯啊"了几声，看了看我，说"他在这儿"，还说"你们快来吧，我发现了个新问题"。我在旁边有点听不懂。

胖警官挂了电话，继续在本子上做笔记。他说："你哥哥在火车上，马上就过来接你回家。"

我很高兴，忙问我哥到哪里了。胖警官却给我拿了一个面包和一瓶矿泉水，说："不着急，你先吃些东西。"说真的，奔波了快一天，我也非常饿了。我撕开面包袋就狼吞虎咽了起来，没一会儿就吃完了。胖警官说："你慢点吃，不够还有。"我喝了一大口水，连连说："不用了，不用了。"

他见我吃完，向我笑了笑，柔声问道："小弟弟，你能不能把刚才说的话，再重述一遍？"

"没问题啊。"我觉得这没什么，于是我再次原原本本地把事件原委描述了一遍。我讲的时候那个胖警官一直在本子上记录着什么。我说完后，胖警官露出了一个满意的笑容，一拍桌子。"好了！小弟弟，你哥哥已经来了。"

"是吗？"我回头一看——真是哥哥！

他就站在门口，旁边站着一个瘦警察。

"哥！你来了！"我兴奋地叫了起来。整整一个多星期，我们都没见过面了，现在，我恨不得直接冲上去抱住他。

他一定拿到了那笔酬金，没错，我们明天就要离开那个小村庄，去大城市过富足的生活了。我感到欣喜若狂，刚想冲上去，却发现哥哥的脸色不太好。

他一脸苍白，眼神暗淡无光，嘴角还在微微颤抖。

怎么回事？

可能是他这几天太累，没有休息好的缘故吧。

# 京巴

文 | 王子卿

我第一次去宋家吃席时，宋老爷子尚在人世，宋家也算得上十里八乡的名门望族。

宋老爷子的医术在我们这小小的闫镇上是数得着的，多亏了早年精明的宣扬鼓吹，他那诊所虽地处偏僻村落，但架不住名头似火，仿佛百十里内的疑难杂症都必须要经他的手才能痊愈。即便是快咽气的翁叟老妪，若临终前听不到他的摇头叹息，也是梗着脖子久久不肯驾鹤西去的。

几十年来，看惯了乡人的崇拜，听厌了外人的歆羡，宋老爷子的权威也是一天高过一天。他坚信，身为一位神医，用药的剂量必须要远超寻常郎中，问诊的薪酬自然也不可与平常医院相较。病人服了我的药，若痊愈了，便是理所应当；但若不给面子地死了，便是你的命数不好，死掉也是应该的。从这样的角度看，除去隔几天就因不堪药力而为"命数"所误杀的那些倒霉家伙，宋老爷子也算救人无数、功德无量了。

在这样的名气热焰之下，原本目不识丁的宋夫人也渐渐地有了贵妇的气度，不但不再过问农事，连村里前来问诊的村姑们也不屑一顾。有一年，我们村东头那个难缠的老嬷嬷推着轮椅带着年迈的老汉去宋家庄瞧病，宋大夫要求输液，然而他夫人被那瘫痪老头身上浓郁的屎尿气息熏得睁不开眼，便以床位不够的缘由让老汉回家去挂吊瓶。然而老嬷嬷自认纵横王家庄四十年，鲜有人敢明目张胆地赶她走，便拿出了年轻时的悍妇气质，对着宋夫人一顿指摘，什么不孝顺公婆啦，什么药价疯涨啦，什么治死人不承认啦，直说得宋夫人险些背过气去。宋夫人也不是省油的灯，身为地位崇高的宋家庄第一夫人，她怎会容忍高贵的自己被"乡下俗妇"指着鼻子骂？便双手叉腰，站在宋家人院高人华美的门楼前人骂起来，什么穷人多作怪啦，什么懒驴屎尿多啦，什么赶紧滚蛋啦，直骂得老嬷嬷连翻白眼。从那以后，宋夫人响亮的贵妇名声便越发远扬了。

那一年腊月二十是宋老太太的十周年祭日，彼时，宋老爷子初入耄耋之年，有心向泉下老母展示孝子如今的辉煌。我的曾祖父生前与宋大夫是至交，祖父便带着尚在读小学的我去宋家吃席。刚到宋家所在的村子，便看见成群的轿车，如海的来客。祖父领着我，从人缝中艰难挤过，寻了半天才找见负责迎宾的宋家大儿子广林。

大少爷年方四十，仪容风流，穿一身紫绒貂裘，戴着金丝眼镜，三七分的秀发梳得整整齐齐、油光可鉴，见到我们这一对"穷亲戚"爷孙，不由得拿出豪门应有的气派，伸出一根手指遥指西方，示意我们把带来上坟烧的草纸放在那边屋里，告了声"大哥自便"，然后抖了抖华丽的衣襟，目不转睛地走向了远远开来的一辆挂着县委牌照的红旗轿车。

转眼到了午时。

我跟着祖父，走在庞大的上坟队伍之中。一辆中型卡车拉着祭品和花圈烧纸等物，颠簸在村外坑洼不平的土路上，几个年轻小伙提着一兜子"二踢脚"，走几步便在道旁点燃一两个，两声巨响过后，纷纷扬扬的硝土便在漫天的烟尘之中洒落，淋在车后的孝子头上。

不多时，宋家祖坟到了。司机把车停住，按按喇叭，车上便跳下来七八个帮忙的小伙子，口中叼着东家给的中华烟，利落地抬出猪头、牛羊肉、鲜鲤等祭物，后又搬出数十箱烟花鞭炮，分给一二十个宋家小辈远远地点燃放掉了，一时间，硝烟弥散、火光冲天，令人不由得捂耳掩鼻，以防火药味刺伤了鼻腔。身边一个闲人皱着眉头说："他娘的，光这车花炮就得两万块钱。"

人群忽然静了下来，众人转头北望，只见一白发老翁蹒跚走来，正是宋老爷子。只见他衣着考究，神色悲戚，口中呜呜咽咽、哭爹喊娘，身后跟着两儿一女，也是号啕大哭着，一片赤诚的孝子贤孙之心令在场之人无不动容。

宋老爷子颤巍巍地捧起精致的酒盏，大少爷连忙拿起一瓶茅台，小心翼翼地斟了一杯，老爷子把酒洒在坟前黄土上。撂下酒杯，老爷子猛地跪在坟前，放声痛哭，口中高呼着老母之慈爱，仿佛二十年前宋夫人拿笤帚把半身不遂的老太太赶到闺女家养老的事情从未发生。在一旁恭候多时的儿女们急忙冲上前去，一边将老人扶起，一边忙着拭去眼角似曾流过的泪珠。

一番"真情告白"过后，宏大的上坟仪式终于结束，饥肠辘辘的众人走在那片被踩得稀烂的麦地里，一边拍打裤脚上的泥土，一边幻想着过会儿丰厚的席面。

回到宋家，大院里、胡同里都已摆满了酒桌，大少爷招呼着众人就座。我和祖父被领到大院西北角一张桌上，待到众人坐毕，我四顾来客，顿时明白了这座位中的玄机：南厅是宋家会贵客之处，摆了五桌，坐的都是高官显贵或宋家姻亲；北厅原是接待病患之所，摆了七桌，坐的都是南厅大人物的家眷；院里宽敞，摆了十八桌，坐的是八竿子打不着的远亲和没什么本事的旧友；胡同里有几十桌，坐的是寻常病人和乡邻。

不多时，菜肴、酒水依次上桌，我们这桌坐的都是宋家的远房亲戚，彼此都不认识，索性以酒为纽带，几杯入肚，席上便热络起来。我旁边是个镶着金牙的干瘪老头，自称是宋大夫的"小学同学"，颇有几分江湖气，喝下几口酒，便哑着嗓子骂道："他娘的，这座位分主次，酒还要分三六九等。"我回头一看，顿时明白：南厅上的是茅台，北厅是干红，院里和胡同里都是庐州老窖。所幸菜肴没什么尊卑之分，味道也确实不错，我不喝酒，只顾埋头猛吃，很快便肚皮滚圆地躺倒在椅背上，听旁边的人说些闲话。

"听说大少爷广林做生意赔了？"

"那可不，广林今年跟个河南人合伙开厂子，把钱给人家，自己就在家等着吃提成，不承想那是个老油子，拿了钱就跑路，一下子给圈进去几百万呢！"

"这有啥，有人家老头子顶着呢，听说广林从河南回来，跟老头子哭了一场，就又给了二百万当本钱，准备东山再起呢。"

"怎么不见那三少爷广山？听说上个月去'都一楼'赌钱，一晚上输了两千多！"

"人家往老头子钱柜里伸伸手，就够输多少个晚上了。"

"说得也是，哈哈……"

正听着那些趣闻轶事，忽然看见一条腰身雪白的京巴狗从西屋跑出来，大抵是闻见肉味出来觅食。我用筷子夹了根骨头丢到地上，唤它来吃，谁知那小东西连看都不看，直直跑向了北厅，一个化着浓妆的女人嗲声嗲气地吆喝："宝贝快来，给你留了好吃的！"说着，把一根鸡腿放在小碟子里搁在地上。那京巴不紧不慢地踱步过去，嗅了嗅那碟子，用前齿慢条斯理地撕下一条鸡肉吞下去，一口一口地把那鸡腿吃完了，只剩下一根孤零零的骨头。

旁边那"金牙"抿了口酒说，由俭入奢易，由奢入俭难，看狗的吃相，宋家鼎盛时日怕是不多了。众人只当他是酒后胡言，也不搭理，话锋一转，便又聊起宋老爷子的子孙。

"宋大夫就一个孙子？"

"两个。大少爷家只有个闺女，后来抱养了个男孩。老三结婚早，有一个儿子，现在都上初中了。"

"哎，我可听说那二儿子是广林当年的风流债，他前些年去南方做生意，跟公司秘书生了个儿子。一开始不敢带回家，只是养在济南，这些年广林媳妇一直添不了男孩，才把他带回来了。"

"要说老头子还是喜欢老三家那小子，毕竟是名正言顺，看着长大的，要啥给啥，昨天我去镇上，看见那小子拿着上千块钱，领着一帮孩子上网吧玩。"

"这真是……反正，人家老头子有钱，可劲造呗！"

"是啊,人家有钱啊……"

酒桌上充满了快活的气氛。

再次去宋家,已是三年后,宋老爷子突发脑溢血去世,我与祖父去宋家吊唁。

闻讯前去宋家吊孝的人很多,草纸花圈堆了两间屋子。照例是大少爷接待来客,只见他披麻戴孝,发乱衣皱。灵堂前跪着面容憔悴的三少爷广山,正因失了家中的摇钱树而伤心欲绝。老三家的儿子中豪约有十六七岁,正坐在偏厅内,低着头玩手机,白布缝成的孝帽被丢在地上,印着半个黑黑的鞋印。

"中豪在哪儿上学呢?"祖父问道。

"不知道。"小少爷头也不抬。

"我们家中豪眼光高。"三夫人摘下头上的孝帽,宠溺地看着儿子,"去年在D中上了半年,中豪觉得那老师教得不好,就找人给他转学到了L中,中豪又觉得L中学风不行,刚找好了人让他开学去W中,他二爷爷在那里当校长,上起学来也方便。"

"这样转学,那择校费、借读费得不少啊?"旁边一人问道。

"也花不了几个钱,反正有他奶奶呢。宝贝——"三夫人从抽屉里拿出根火腿肠,剥了皮丢到桌子底下,那圆滚滚的京巴便叼了火腿跑到院里去了。

"这狗毛有点脏啊……"我站在灵堂门口,看看院里那颠颠乱跑的京巴,身后传来一丝若有若无的啜泣声。

时隔一年,宋老爷子一周年祭日,我第三次去宋家。

只是走在院外,便能明显感觉到宋家的衰败,墙角长了大丛的野草,大门两边丢满了烟头和药瓶碎渣。这一次主事的是三夫人,她化着淡妆,神情镇定,衣着整洁,只是微笑时眼角会堆起大片的皱纹。

来客不多,都是放下烧纸,寒暄几句,然后便落座吃茶。我在人群中搜寻那衣冠楚楚的大少爷未果,只看见老三家的中豪正趴在南厅沙发上玩着手机,角落一大缸绿水里浮着几条腐臭的热带鱼。

上坟之后,众人就座等菜,我又与"金牙"坐在一起。菜肴一道道端上来,金牙尝了几口,又发起牢骚。

"今年这席面不行啊,还没西头老六家摆得好。"金牙先生撇撇嘴。

"老头子死后,药铺里只有老三媳妇给人看病,老太太身子也不好,现在住在城里。这会子,宋家整个摊子都是老三媳妇操持着,有点毛病在所难免,您也别难为人家了。"

"就是。自从老头子死了,宋家日子就没一天好过的。大少爷在外边又养了个小老婆,老头给的钱都让他花天酒地败光了,他媳妇气不过,雇人把那小三给打死了——上个月警察刚把大媳妇带走的,这些天广林也躲在外头,不敢露面。"

"还有呐——前几天老三在外头嫖娼被公安给逮了,还是他媳妇花钱给保出来的。后来听说这小子也在外面养了情人,偷生的那孩子都快一岁了。"

"那中豪呢?今年不该考大学了?"

"考个屁大学！那玩意儿早不念书了，天天在家里混着。他妈以前那么宠着，现在也顾不上了。"

吃完饭，我在院里转了转，却没看见那只京巴，心中不禁有些奇怪，但时间已经不早，祖父唤我回家去。

辞别了三夫人，我跟着祖父走出宋家大院，突然看见公路边有一摊凝固成紫黑色的血迹，上面黏着一团沾满泥污的脏兮兮的皮毛，已经被车轮压扁了，仿佛一张本来洁白光亮的宣纸，沾着泥浆血水黏在地上，令人怜惜而又恶心。

"当心点，别踩着了。"一个少妇牵着女儿走过来，朝路边瞥了一眼，淡淡地说。

Part 4 暖冬

暖冬 —— 文 | 旻皓
宠儿 —— 文 | 翟露
姐姐 —— 文 | 半截
情书 —— 文 | 盛之锴

## 暖冬

文 | 旻皓

　　那年冬天只因缺少了几场大雪，所以让人难以记住。时光、季节、日月、家门前的柳树或是一件鲜艳的新衣服，诸如此类，也仅仅是记忆的一种辅助。人总是记不住很多往事，却能轻而易举地记得许多浮华和虚伪。时常假装面带失望拆穿他人的谎言，也时常费尽心思竭尽全力遮掩自己的错误。

　　那个冬天比以往的冬季都要热。我穿得不多，也感觉不到什么压迫与抑郁。但我总感觉这个冬天少了些什么。不是厚重的棉袄，也不是一副毛织手套，而是一个人，或是一群人。其实我不该遇见任何一个陌生人，生活虽然乏味但至少还能安稳，我也知道自己将要抵达的地方。但我却遇见了很多未曾谋面的人，在这个并不寒冷的冬季，我吐露一句真言，就像吐露一团薄雾一样，朦胧而苍白。在那个未经世事的年纪，我还没有什么值得提及的过去，不像现在满是悲怆的回忆。我表现得十分坦然，无可藏匿。我太过相信他人，也太过妥协，过于沉浸在对自己和他人心存的幻念中。有时我常常幻想有一个人会出现在我的世界里，可以在我原本空旷无垠的世界里建造一座堡垒。后来那个人真的出现了，并且不止一人，他们的出现没有任何的预兆和暗示，这多少让我有些惶恐和不知所措。他们在我心里建筑起一座又一座友谊或爱情的堡垒，但很快又弃城而逃。我好像在经历了一段轰轰烈烈的岁月后，再次孤身一人置身于荒野，心中的危城犹如一块块破裂的伤疤，再也无法愈合。

那年夏琤对我说，我们永远都是最好的朋友。我很坚定地说没错，我相信。并且时至今日我还依然相信着。那段高三的岁月，对于所有面临高考的学生都是晦涩且终日无望的。可我和夏琤却是特例。我们每天仍然过得很悠闲。我们在上课的时候睡觉，如果睡不着就看着墙上的时钟计算着下课铃声会在什么时候响起，有时也会在书本上乱涂乱画，写一些连我们自己都看不懂的文字。中午十二点放学准时冲入食堂占座位，吃完饭就坐在食堂里看电视，困了就回宿舍睡觉。我们喜欢交换各自私藏的书本，都是我们用省下来的钱去附近书店里买的。夏琤喜欢看文学杂志，而我喜欢看各种长篇小说。不看书的时候，我们便趴在课桌上睡觉，用书本堆成一堵墙用以躲避老师的目光。如果真被老师发现，我们便胡乱搪塞过去，无非是被老师臭骂一顿。

当时的心态如今已经无法想象了。人的记忆总是有限的，因此总要记住一些更为重要的事。有时回忆是不由自身控制的，我们常常想急切地忘掉一件事，却始终忘不掉甩不开，像一个深深的烙印，长年印刻在内心深处；而那些不愿忘记的事，却在命运的跌宕起伏中销声匿迹，好像从未在自己身上发生过一样。

那个秋季结束得太快，以至于我和夏琤并没有准备好迎接即将到来的冬天。大雪悄无声息地降临，夏琤坐在我的上铺提议把两个人的被子合二为一，两人睡在一起，这样会暖和点。我同意了。宿舍的床很窄，我们都侧着身子背对彼此，我睡在窗户边，寒风很灵敏地从罅隙里钻了进来，冷飕飕的。被子很小，而夏琤又高又壮，但他只是拉住了被子的一角，给我腾出来了很多空间。

第二天清晨，我起床时发觉身体有些发热，想叫夏琤起床，却怎么也叫不醒。不一会儿他迷迷糊糊地说，自己很不舒服，可能是起不来了。我立马向老师请了假，等他起床后我陪同他去了附近的诊所。那些天夏琤病得很严重，连续打了好几天点滴，我常常抽空去看望他，有时给他带午餐，有时也会给他送暖手宝，买他喜欢吃的零食。夏琤的病持续了整整一周，一周后，他总算重新回到了教室里。只是从那以后，我发现他彻底变成了另外一副模样。

那天我进教室门，看到夏琤坐在教室前排的座位上，正在很认真地看书。他发觉我进来，便用冷漠且鄙夷的目光斜视了一下我，又很快收起了视线。他调换了位置，剪去了长发，重新拿起了教科书。我知道他是在刻意躲着我，所以我什么也没有问。

没过多久，我发现了自己课桌抽屉里的信。信上歪歪扭扭地写了几行字，一看就是夏琤的笔迹。信的大致意思是他已然醒悟了，不会再像我一样游手好闲了，并且还数落了我一番，骂我不思进取，强烈警告我以后不要再影响他学习，等等。

一个周末，下午没课，我吃过午饭早早地回了寝室，夏琤却一直都没有回来。我不断在心里说以后不要再去打扰夏琤,但又忍不住担心。下午去了一趟教室才发现夏琤依偎在教室的一个角落里,怀里紧抱着一个空酒瓶,醉醺醺的不省人事。教室里仅有的两名同学想把他抬起来送出去,费了半天劲也没能挪动他。我连忙上前帮忙。其中一位同学说他一进教室就连灌了三四瓶白酒,当时就走不动道了。我们把他抬到门口,那两名同学就回教室里去了。不会有人愿意牺牲学习时间来照顾他的,当然除了我,学习对我来说,并不是什么重要的事情。我背着他到校外打车,把他送往了附近的医院。当天夜里,我留在医院里陪他。给他换了几次敷额头的毛巾,时刻注意点滴瓶里是否还有药水,并且用瓶盖给他一口一口地喂水。当晚我只睡了一小会儿。次日清晨,夏琤睁开眼,首先看到的就是我。他有些诧异,又有点抵触,我们什么也没说。我没和他提起信的事,他也没有问我为什么我会出现在医院。

夏琤恢复以后,我们好像保持着彼此的默契,又回到了形同陌路的境地。他不再理我,我也不和他说话,我们维持着陌生人的关系直到高考那天。高考结束后,我一直都没见到过夏琤。后来才听一个同学说他考完试当天就回老家了。过了不久高考成绩下来了,领取成绩单时,我再次见到了夏琤。他一脸的憔悴,看上去似乎老了几岁。我们依旧没有说话,只是在教室里相互对视了一眼,便很快收起了各自的眼神。他看成绩单时的表情非常僵硬,随之又有些茫然失措。这不是正常的反应,我猜他一定考得很不好。我不知道他回家后会不会灰心自责失声痛哭,但我知道,这个漫长的夏天对他来说将是一次最痛苦的煎熬和惩罚。

此后的日子里我一直都没再见到他。我以为并且确信自己再也不会见到夏琤了。因为我们的生活自从他醉酒出院那天起，就完全没有了任何交集。冗长的岁月将夏琤留在我回忆里的堡垒夷为平地，像被核弹猛烈轰炸过一般，那里早已变得荒凉且寸草不生。唯一仅存的也只有一些记忆分裂后的尸骨残骸。我有时会想夏琤如今在做些什么，他回了老家，无非是到他父亲的工厂里上班，或者在他母亲任职的学校里当保安或清洁人员，除此外别无去处。不过后来我就不会再想到他了，忙碌的工作和学习填满了我的生活。时间过了很久，就在我快要忘记他的时候，我们却偶然在公交车上遇见了。

　　那是一个深冬，我走上公交车时，忽然发觉前面有一个熟悉的身影。仔细一瞧，果然是夏琤，刚好他也瞅到了我。那一瞬间我有立马转身下车的冲动，我想他也会有。不过车门很不凑巧地迅速关上了。时间无法逆流，我知道接下来的一切我都需要坦然面对。

　　我走进车厢内，夏琤首先对我淡淡地说，好久不见。

　　我也微笑着说，是啊，很久没见了。这一刻，我们各自的心境已然变成了另外一番景象。他成熟了不少，当然我也成熟了许多，成熟代表了释然与遗忘，也意味着不再那么年少轻狂。虽然我们还是无法走进对方的世界里去，但我知道，我们基本上都谅解了对方。我没有问他为什么又回到了这座城市，也不再提及高中时的往事，只是聊了聊最近的生活，他找到了一份更为满意的工作，我也在大学毕业后留在一所企业实习。总之我们过得都算顺风顺水。下车后，我突然感觉这个冬季晴朗了许多，我看着自己被日光拖长的影子，感受着阵阵冷风，觉得内心深处某一块满目疮痍的土地上，又重新长出了一片茂盛的森林。岁月总会带走一些东西，也会留下一些东西；同样的，它也可以摧毁一些事物，并且愈合另一些事物。

那天下午，我站在窗户旁边看外面的风景，一缕缕被风吹散的烟，麻雀飞远后又很快飞了回来，几只断线的气球从城市的罅隙中钻入更高远的天空，我看到了其中那只普通而又特别的气球，散发着红光与温暖，像一团火焰，一个太阳，或是每一个想要逃脱的心。所有看到气球的人都会被一些说不清道不明的东西抓住。夏琤应该也在城市的另一端看到了，那只火热的、心碎的气球。

我逐渐喜欢上了这样的午后，喜欢这样温柔且没有寒意的冬季。似乎，我已经不排斥与一些陌生人相遇、结识，诉说彼此，交流感悟，亲昵、承诺，发生摩擦，产生过节，逐渐疏远，再重新沦为彼此的陌生人。这个漫长的过程，和以往的很多梦境都十分相似，让人潸然落泪，但泪流之后，又感觉这一切并不那么真实。可能这就是我恋上冬季和梦境的原因。

# 宠儿

文 | 翟露

## 01

深冬的时候,他更喜欢去那个叫"宠儿"的小餐馆,尤其在午后,点一壶热酒一碟小菜,天冷的问题就解决了。

第一次来餐馆时,他提前喝了点小酒,有些微醉。他问小莲:"谁是宠儿?"

"宠儿?什么宠儿?"

"这餐馆不就叫宠儿吗?"

"嗯……嗯!是!"

"宠儿呢?是你吗?"

小莲摇了摇头,说:"不是。"

"不是？那谁是宠儿？"

小莲朝外头看了看，好像在找什么东西，她说："我叫小莲。"她系上了围裙，从围裙前面的口袋里掏出来一条抹布，擦了擦他面前的桌子。她说："嗯……怎么说呢，这家餐厅之前就叫宠儿，我接手后没再改名字。"她把一张菜单递给了他，问，"您想吃点什么？"

"这上面的菜你都会做？"

"嗯，写上去的都会。"

"那我要一盘红烧肉和一碗红豆粥。"

"好的，请等一下。"小莲刚想转身，迟疑了一下，又回头说，"对不起先生，我刚想起来，今天没有肉了。"

"但我今天就想吃肉。"

"那您下次早点来。"

方逸一大早就出现在了宠儿餐厅门口。他推门进去，看见小莲坐在椅子上扶着额头，看样子有些疲倦。但她还是站了起来，说："欢迎光临。想吃些什么？"

"还是红烧肉和红豆粥。今天有吗？"

"有的。请稍等。"小莲系上了围裙，转身走入后厨。其实那儿也不能说是后厨，只是一个灶台被木板隔离开了而已。方逸找了个位置坐下，重新打量起宠儿这家餐厅。餐厅面积不大，只放了四张桌子，每张桌子下有四个椅子，餐桌桌布是纯黑色的，墙壁刷了湛蓝色油漆，墙上挂满了相片与画。一盏北欧式三头吊灯悬挂在天花板，散发出暖白色的灯光。地面上铺着藏青色的瓷砖,餐厅前面的拐角处放置着一张浅蓝色的小沙发,整间屋子呈现着安详宁静的蓝色基调。他将视线移向小莲,看见她正在往锅里放油。过了不久,小莲将一盘红烧肉端了上来,她说:"粥马上好。"

方逸看着一盘香喷喷冒着热气的红烧肉,立马来了食欲。他拿起筷子,夹起一块肉,慢慢地放进嘴里,咀嚼了几下。肉质香甜鲜嫩,咸淡适中,入口没多久就化开了。小莲看着他说:"怎么样?"方逸说:"很不错。"

红豆粥端上来的时候,方逸已经把红烧肉吃得差不多了。小莲问他:"你要什么主食吗?我这里有米饭也有拉面。"方逸说:"不用了。"他一边喝粥一边吃肉,不一会儿就吃完了。"吃得真饱。"他说。

付完了钱,方逸还不想走。他坐在位置上,问她:"你这里没什么人来啊。"

"其实也是有的。不过人比较少。"

"嗯,也对,你这里,不太容易找。"

"所以回头客比较多一些。"

"你做饭挺好吃的,明天我想尝尝你做的糖醋排骨。"

"明天你还来吗?"

"嗯,来。我今天来得有点早了,明天晚点来。就中午吧。"

到午饭点,方逸又一次来到了宠儿餐厅。只是这一次,他看到餐厅里多了一个人。那人沉默不语,身着蓝色的风衣,独自坐在角落里喝一瓶酒。方逸坐了下来,小莲从后厨走出来,问:"糖醋排骨是吗?"方逸摇摇头说:"今天想吃点素的,番茄炒蛋,再来一碗米饭。"

之后的一个星期，方逸每天都会来宠儿餐厅。有时是中午有时是晚上，他经常会遇到那个"蓝风衣"——他们没交谈过，所以方逸给他起了这么个绰号。第六天或者是第七天的时候，小莲讲起那个"蓝风衣"，说他是一个小说家。小莲说："你认识他吗？他经常来这里，只点一瓶酒，最多再要两碟小菜。"

方逸说："不认识。"小莲便继续讲了下去。小说家每次来的时候，口袋里都会带一个笔记本。他来了肯定会喝酒，一边喝一边在笔记本上写写画画，小莲曾问过他在写什么，他说在写故事梗概。虽说他是个不爱说话的人，但小莲挺喜欢和他交流。有一天他喝得很多，临走时已经醉了，小莲不放心于是开车送他回家，他在车上对她说："小莲，你知道吗，明天上午，我就要去离婚了。"

小莲顿了顿，继续说道，她去看了小说家离婚的过程。其实小莲是无意去的，只是第二天她去民政局附近找一个朋友，很自然地想到了小说家离婚的事，好奇地等在民政局外的小树林里。她真的看到小说家和一个女人走出来，女人出来后坐上了门口的一辆车，小说家一直看着那辆车开远，随后疯狂地跑进了后面的小树林里；他一棵又一棵地拍打着树，从兜里掏出一瓶小酒，咕咚咕咚地喝，又搂着树开始大哭……小莲从一棵树后走出来，递过去一张纸巾。她说："对不起，我只是路过，想起你说过你要离婚，正巧碰着了。"小说家抬起头，眼眶里仍然潮湿着，他用手背擦了擦眼睛，说："没关系，我只是一下子过不去。"

方逸夹了一口菜，问道："然后呢？"小莲说，小说家还是隔一段时间就过来一次，来时还是要一瓶酒和一碟小菜，慢慢地喝。只是他常和她谈起今天又写了什么故事,说自己的心反而平静了。听说他的老婆曾经是个模特,比他年轻不少,后来嫁给了一个外国人,如今已经出国了。小说家前一段时间出版了一本书,送给了小莲一本。她问方逸:"你想看吗?"

方逸已经吃得差不多了。他问:"在这儿吗?"

"不,不在。前几天我拿回家了。如果你想看,明天我给你拿回来。"

"好。不过,我明天估计来不了了。"

"为什么?"

"我明天要去参加一个研讨会。估计三四天才能回来。"

"那,就再找机会吧。"

## 02

方逸再回来的时候,已经是一个月后了。一推门,一股熟悉的气息扑面而来。他略带歉意地对小莲说:"研讨会时间拉长了,回来晚了。"小莲只是笑了笑,问道:"今天想吃点什么?"

"今天想不到吃什么……你想做什么,就随便上吧。"

"你这人真有意思。那我就随便做了。"

"嗯,去吧。"

不久之后,小莲端上了一盘鱼香茄子。她说:"我最喜欢吃茄子,你吃得惯吗?"

方逸说:"我什么都吃得惯。"

方逸吃菜的时候，小莲又开始讲起她的经历。

她说，半个月之前的傍晚，快关门的时候，一个男人畏怯地推开了餐厅的门。她一眼就能看出来，这是餐厅曾经的老顾客，只是已经有很长时间没见到他了。她刚接手这家餐厅的时候，这个男人经常过来，来这里只点鱼香茄子。那天外边的雪被他带了进来。脚底下的碎雪留在了小店里，暖气逐渐烤化他身上带来的雪。门外大雪仍在弥漫，弥漫出一层厚厚的雪雾。窗玻璃上布满了雾气，看不清窗外的景致。她站起来，帮来人去掉了遮住脸部的围脖，那人露出一双忧郁的眼。这种眼神是让人心疼的。她递过来一条毛巾，说："先把身上的雪掸掉吧。"又说，"你先在暖气边烤一烤。"

小莲问："还是点一份鱼香茄子吗？"

他点了点头。

他告诉小莲，他在监狱里待了两年，刚出来，在一家理发店刮完胡子，就想吃她做的鱼香茄子了。小莲没有问原因。之前他就突然不见了踪影，平白无故消失了很久，后来才隐隐约约地听说他因为什么判刑了。他吃了一口茄子，说："老板，你的手艺提升了不少。"他叫她老板，言谈举止间显得更加慎重。他又要了一瓶酒，说："以后我会经常过来吃饭的。"他喝着酒，吃着菜，过了一会儿，不知道是不胜酒力还是其他什么原因，他居然靠着墙缓缓睡着了。

方逸听小莲继续讲着。小莲说，她没有立刻叫醒他。只是等他醒了的时候，她也靠着椅子快睡着了。外边的雪还在下，愈发大了起来。一直没有来客人，这鬼天气是不会来什么客人的。那人醒了过来，略带歉意地对小莲说："真抱歉，抱歉啊，影响你打烊了。"小莲连忙说没关系。小莲没有让他马上走,而是说:"我刚煲了汤,喝点再走吧。"说完就给他盛了一碗玉米羹。那人喝了一口,泪水顺着脸颊落在了汤里。

最后,小莲坚持不收他的饭钱。小莲说:"算我给你接风了。"

"接风?"对方问,"接什么风?我又不是旅行归来,更不是衣锦还乡。"

小莲说:"是,其实就是一场旅行。"

"旅什么行?"

小莲说:"人生有很多次旅行,旅行也分很多种。"餐厅闲下来的时候,她看过一些书,其中有一本书的作者是周国平,里面写着一句话:人生其实就是无数次的旅行。今天,她把这句话送给了这个雪天里唯一的客人。

方逸听小莲讲着。他问:"现在呢?那个男人怎么样了?"小莲说:"他还是来,隔两天就来一次,点一份鱼香茄子,一碗米饭,有时也会点一瓶酒。"方逸说:"一个饭店,遇到这么多故事、有故事的人,你的经历真丰富。"小莲说:"还好吧,这不算奇特。"

方逸盘子里的菜已经快吃完了。他说:"再给我讲讲吧,今天我有时间,想多听你说一些。"

小莲说:"那我再给你炒盘鸡蛋。也真难得,有你这样喜欢听我说话的人。"

## 03

小莲说,去年夏天的一个晚上,我闲着无聊包了几个饺子玩。其实我本来早就该打烊了。可我包完饺子后,歪在沙发上打了个盹儿。那个盹儿打得实在太长,我醒来时,发现眼前站着一个男人。夜深了,那个男人就像一片树叶一样,悄然飘进了餐厅。我整了整头发,慌乱地站好,使劲揉眼睛,看着那个闯进来的人,他满脸胡楂儿,头发蓬乱,像是刚从什么地方拱出来。钻进我鼻孔里的是一种发霉的淡淡味道。我捂了一下鼻子,慌忙说道:"您好,想吃点什么?"男人没有说话,只是在打量着餐厅。他挠挠头发才说道:"给我来一碗牛肉面吧。"我其实还没有反应过来,愣了一会儿本来想说太晚了不做饭了,但我没敢说。

夜已经很深了,街上都没了动静。我身体暗暗地发抖,斜眼看了看他,然后哆嗦地走到后面支起了锅。当时我心里乱得不知所措,拿不定主意。最后我还是说了,我想试着拒绝,吐出那句憋在心口的话。我对他说:"不好意思先生,要不明天,明天吧,今天太晚了。""明天?"那个人似乎没全听清我说什么,他小声嘀咕,"明天?明天我还来干什么?我这种人还会有明天?"我直直地瞅着他,对方踌躇了一会儿,说:"你赶快做!我快饿死了!"我连忙蹲下身拿出一小袋面条,然后打开。做饭时我一直听着街上的动静,哪怕有一个人、一辆车经过都会让我胆大起来,就算有一条狗也行。可是没有。门外异常寂静,好像空旷的世界里就剩下我和他两个人了。

我煮好了一碗牛肉面,给他端了过去。我觉得这是我这辈子做得最糟糕的一碗面了,盐放得有些多,火候也没把握好。不过他吃得倒挺香。我看着他,看着他乱蓬蓬的头发,头发上沾满了尘埃,我想,一个人的头怎么可以脏成这样?究竟是怎样一个人,他是干什么的?为什么这么晚了才吃饭?我的身子不断发抖,心头一阵阵发紧:是个逃犯?不然就是一个忘了家在哪儿的神经质患者？

我站在后面，偷看他，他的目光和举止也不像是神经质该有的样子。这样的话，那就是逃犯了。我紧张起来，退到了墙角。他很快就吃完了面，对我说："再给我来一碗！"我颤抖地说："没了，所有的面条都下完了。"他说："那就来点别的！什么都可以。"我说："没了，什么都没了。"他站了起来，不断地靠近我，我当时害怕极了，却也无处可躲。他说："我看你身后还有些饺子，怎么会没了？"我脑海里一片空白，只是结结巴巴地说："我……我这……这就给你下。"

我开始下饺子。那人在餐厅里转了几圈，不知道在找什么，我也没看他。我是不敢看他了，我当时只是想快点把饺子煮好，让他赶快吃完赶快走。但是他忽然把门狠狠地闩上，又抬头看看头顶的灯，很亮堂，他说："把灯关了！"那个人又重复了一遍，"把灯关了！"我当时已经吓傻了，哆哆嗦嗦地说："不，不，没有灯，我做不好饭的。"那人又说："亮个小灯就行了，能看见。"我没动，可是他找到了开关，光线马上暗了下来。我紧握着勺子，手心里全是汗。后来我终于煮完饺子，盛了出来，给他端了出去。我坐在离他稍远一些的地方，已经看不清楚他的脸。只听见他吃东西的声音。

男人抱住我是在我转身后。那时候，我转身想去找一些防身的工具，周围突然漆黑了下来，是他，他吃完了饭，又关掉了最后的灯。黑暗里，只听见他细碎的脚步声，从窗外投射而来的灯光在墙上映出一个高大的身影，慢慢挪动，朝我的身边走来。我吓得直躲，绕着桌椅板凳乱跑，撞倒不少凳子。但他还是抓住了我，就那样紧紧地抱住了我，肮脏的头发贴过来时，我听见他说："对不起，对不起，我以前就这样，吃饱之后就想抱自己的女人。"我拼命挣扎，没用，大喊起来，嘴就被捂住了。他身上有一股难以抗拒的蛮力。

那个晚上真是太可怕了。我被他控制了，被他劫持了，那个人忽然就抱住了我，我真切地感到了一个男人硬邦邦的身体，他的骨骼，他的胡楂儿，还有他搂着我背后紧贴身体的一种硬。我记得，上一次这样抱住我的人，还是我的上一任男朋友，那种紧贴身体的硬曾让我感到一丝温存，也有激情的冲动。不过这个人让我感到畏惧，感到可怕，他就像个怪物。我浑身颤抖着，我说："你不要这样，你不要这样，你早晚会遭到报应的。"他说："我不怕报应，我都已经这样了，没什么我怕的，我迟早都会被抓起来的。"那个人搂得更紧了。他还说："告诉你，我一直躲在郊区，躲在郊区的青纱帐里，有青纱帐多好，我吃烧玉米也饿不死，我可以穿过大片的青纱，在里面呼呼大睡。但是最近，玉米收了，我没吃的了，所以说，我快，我快跑不起来了。"

那个人开始解我的衣裳，我抖得厉害，浑身仿佛散架了一样。我叫了一声，嘴又被捂住了。他松开一只手拉上了窗帘，星光、月光以及路灯，全都消失了，所有的光线都被阻挡在了外面。那些光还穿不透一层软布。我被那个男人撂在沙发上。我感觉到了更大的恐惧，紧紧地攥着沙发垫。我明白接下来要发生的事情，他不会对我手下留情的，男人就是这样对付女人的。但是和自己的男人一起是爱的冲动，但是眼前，我面前的这个男人，是个逃犯。他是个逃犯。我瞅着他脱掉了上衣，光着膀子，我当时害怕得已经忘了流泪。只是不断发抖，又哆哆嗦嗦地说："你不要，你，你不要，你这是罪加一等。"在黑暗中，我看到的是一双充满欲望的眼睛，接下来的事情似乎就要来临了。我尖叫着,然后捂住了头。

然而,几秒钟之后,我却听见了一个男人呜咽的声音。他的泪水啪嗒啪嗒地落在地上。屋外传来几声滑过的车声,夜又静了一层。我愣住了,在刹那间忘记了反抗,推开他去夺一旁菜刀的念头也松懈了下来。又过了几秒钟,我也哭了,泪水在这个陌生的逃犯面前倾泻而出。我擦拭着眼泪,不知道从哪里来的勇气和胆量,开始劝慰眼前的男人:"放开我吧,你这样就是罪加一等……放过我吧,去自首,就可以早点出来,别再跑了,也别欺负我一个弱女子,跑来跑去总有一天会跑不动,别觉得窝囊,也别觉得羞愧,去吧!早些出来,你的家庭也会有救!你家人会等你的!你的罪总会被洗清的,别这样折磨自己!"我的眼泪也不由自主地涌了出来。

那个人依然在流泪,他一个劲地摇头。他说:"你,你别说了。别说了。你别怕,我不会把你怎么样的……不会把你怎么样!就是因为女人……因为女人,我把别人砍了,把别人砍残废了。那个人,他就是个畜生,我回家的时候他竟然让我给碰上了,他欺压我老婆,已经好多天了,我也是听别人说的。虽然他爹是当官的,但我咽不下这口气,谁能咽下这种气?我拿刀砍掉了他一条胳膊,也不知道他现在是死是活。希望是死了。对不起,妹子,对不起,我把你吓着了,我……我不是故意的,我在外面躲了小半年了,玉米开始唰唰长起来的时候我就在躲,现在,玉米都丰收了,可我还在躲,我天天吃烧玉米都吃怕了,每天惶恐不安,我觉得我这辈子都不会再吃一口玉米了。我就是,就是想吃一顿饱饭,一顿热饭,然后不知怎么的就来到了你这儿。对不起,对不起,我感谢你,谢谢,将来我会回来给你送饭钱的。我记住了,你这儿叫宠儿餐厅。我记得很清楚。"

那个人很近地看着我,一双眼离我差不多二十厘米的距离,他的泪珠滴落在我的脸上,慢慢滑到我的脖颈。我稍稍松了一口气,说:"不用了大哥,你去自首吧,你迟早要走到那个地方,别耽搁了,拖来拖去,毁的还是自己!耽搁得只会更多!"

那个人似乎有些疲惫。他把脸挪开,挠了挠头,得寸进尺地说:"妹子,我,我有个请求。我想在你这沙发上睡一觉。不瞒你说,我这几天都是在地里睡的,我好久好久没睡过软沙发了。真的,我就是想在你这儿睡一觉,在这儿好好地待一宿。嗯……怎么样?"

我起身说:"你睡吧,我平时都不会在店里过夜的。只是刚才打了个盹儿被你赶上了。"我想走,却被那人一手拽住。他说:"不行,你不能走,你得在这儿陪着我,这样我才能放心地睡。"我急忙说:"我不会出去告你的!你就安心在这儿睡吧!"那男人看看沙发,打了一个长长的哈欠,眼神里满是倦意。但他没有立刻躺下,他的目光在屋子里来回扫视着,最终落在了一根用来搭毛巾搭围裙的细绳上。他走过去把绳子拆下来,说:"对不起,我只想睡个安稳觉,对不起,委屈你了。"我连忙说:"你,你不要绑我,我,我不走了,我留下来陪你,我不走了。"那人连着打了好几个哈欠,最后我还是被绑住了,被迫靠在沙发边,头倚着沙发听窗外的声音,什么也听不见。后来我只听见了他的鼾声。

天亮之前,那人醒了过来。他站起来为我松了绑,向我弯腰鞠了一躬,说了一声抱歉。门被他哗啦啦地打开,他再次向我道歉,然后从门外消失了。后来我收到了一封匿名信。是他写来的,他记下了我的地址,并告诉我,他在一个月前,自首了。

## 04

这个故事讲完后,方逸刚好吃完了饭。看看表,已经是晚上了。他对小莲说:"不敢相信,这种事情,居然在你的身上发生了。"

"是啊。是挺不可思议的。其实我这里还发生过很多事,你如果想听,我可以给你讲上三天三夜。"

"行,今天有些晚了,我下回来再听。你真是个有意思的人。"

"你也是一位很好的聆听者。"

那一天,方逸来的时候正好是晚餐时间,不过店里没有客人。他点了一份牛肉面。他说自己不知道为什么,忽然很想吃牛肉面。小莲特意给他添了很多牛肉。将面端到他面前时,小莲看看窗外,对他说:"今天风大,你吃完饭,我带你去看一个人。"

等他吃完,小莲领着他出门,将餐厅的门锁上了。方逸说:"你不做生意了?"小莲说:"不做了。今天是周日,一般周日不会有什么人来的。"

小莲带着他来到一个路边的广告牌旁。广告牌下面正站着一个女人。

女人仰着头正朝头顶上看。广告牌上的霓虹灯正在闪烁,画面里是一个满脸溢笑的女人,几种迷幻的色彩来回变换着。小莲没有说话,不知什么时候,她挽住了方逸的一只胳膊,好像想让身边的男人给自己壮胆。风越来越大,方逸看着仰头看广告牌的女人,心里有点疑惑。小莲把他朝前面拽了拽,他才隐约听见了女人的念叨,她是在咒骂广告牌:"你这个丧尽天良的牌子，你怎么不把我砸死……"

　　小莲拉着方逸躲在路旁的一棵树后。偶尔有行人路过，有些人停下来看看就走了，或许是看不懂，或许是麻木了。女人骂了一阵，然后坐在路边，从衣服里掏出打火机，又从提包里掏出了一些纸开始烧。风很大，被点燃的纸悠悠地飘了起来，飘到半空，驾着风，乘着云，慢慢飞远了。女人看着飘飞的纸，又抽泣了起来。

　　小莲说："你在这儿等一会儿。"她走近女人，弯下腰挽住她的胳膊，把她从地上拉了起来。又拎起她的包，挎到她的肩上，拍打了几下她的衣服，拉着手，跟她说了些什么。

　　后来女人走了，不过风没有停，仍在不断地刮。霓虹依旧闪烁，回头看看，广告牌上笑着的女人有些孤独。

　　小莲领着方逸去了附近的一个酒吧里。酒吧里人不多，很安静。小莲说："你可能没听说，去年春天的时候，在那个广告牌下面出了一次很严重的意外事故。那个晚上，一男一女出来散步，风很大，电线杆上的广告牌被风吹了下来，直接砸到了男人的身上。那男的当时看着没什么事，但送院途中愈发严重，到了医院就死了。刚才烧纸的那个女人叫卢音，她是第二天才听说这件事的。她哭得比谁都痛苦，之后只要遇到大风天，她都会来这里，给那个男人烧纸。她骂广告牌，也骂风，然后就在电线杆下哭，路过的行人有时会被她吓到。

　　"那个死去的男人，是卢音最大的恩人。卢音本来是个农村的姑娘，很会画画，梦想就是当一个画家。出事的人原来在县里的文化局当局长，一次乡下搞调研，他见到了卢音，看到她画画非常有天赋，就询问了一下她的情况。卢音家境不好,父母都是农民,上完初中,家里就供不起了,只能辍学帮父母种地。那个局长帮了她,让她重新进入了高中继续上学,等她毕业就安排她去县里的文化馆工作。局长后来当上了县长,而卢音的画画水平也一直很好,他将卢音调到了县文化局工作。卢音是个懂得感恩的姑娘,她生命中最大的贵人遭到这样的不幸,一时让她接受不了。还有,她每一次来烧纸,你知道她烧的都是什么吗?你一定猜不出来。她烧的都是画,都是她最近画的画。每一次她都把新创作的作品拿过来,在风中点燃,喃喃自语,告诉老局长,这是她最近的作品。"

　　方逸打断道:"回头让我跟她说说好吗?画就这样烧了,怪可惜的。"
　　小莲说:"你不知道,纪念一个人,可以有很多方式。而卢音用画祭奠老局长,也许这就是最适合她的方式。"
　　方逸笑笑,说:"喝酒。"
　　方逸并没有向她说明,自己其实也是一名画家,并且兼搞画作评论。他从没有和小莲提起过自己的职业。他准备等见过了卢音之后再和她说清。而小莲,已经从他话里听出了不少信息。几杯酒下肚,小莲说:"方逸,老实讲,我接触了这么多客人,你是最有耐心听我说话的人。正好,今天借着这个机会,我敬你一杯。"

## 05

　　方逸是在一年后的冬天调到另一座城市的。调离前他又一次去了"宠儿"。

宠儿餐厅还是老样子，一板一眼地坐落在路边。只是那一天，餐厅并没有开张。门口贴着告示，小莲回了老家。那是个大风天，方逸后来去了那个广告牌下面，他不是一个人去，他邀请了几个人，邀的都是很重要的人，有那个死去的老局长的妻子和儿子，还有他们的一个亲戚。他们先站在树后面远远地看着，直到卢音再次走向广告牌，在广告牌下滔滔地讲述。等卢音讲述完一个段落后，方逸便带领着他们出现在了她的面前。卢音仰头，诧异地看着眼前这几个人，抹了一把眼泪，张张嘴想说些什么。但说什么呢？卢音一时语塞，有点不知所措。广告牌在风中硬朗地挺立着，她等待着他们先开口说话。

老局长的妻子说："别这样了，卢音。他的灵魂早已不在这里了，他已经走了，去了天堂，在天堂有他住的地方，也有他能做的事。"他们几个人过来扶起卢音，老局长的儿子挽着卢音的胳膊，他说："阿姨，您别这样了，我爸他去天堂了，我们也给他安置了灵位，他怎么会天天待在这个冷冰冰的地方？"卢音沉默着，泪水仍然往下流。妻子说："不要这样了，总是这样对你身体不好，也不安全。我们商量好了，他每年的忌日，我们会邀你一起去祭拜。"妻子握着卢音的手，继续说，"我们都知道，你是知恩记恩的人，有你这样的人，真的很难得，我们也很感动，所以……"说着说着，两个人都泪流不止。

后来他们离开了广告牌，离开不久，广告牌上的灯光忽然暗淡了。卢音也再也没有来过这里。

方逸坐在餐厅里，点了一份红豆粥。小莲刚从老家回来。方逸一边喝粥一边给小莲讲那天的事。方逸说:"其实我认识那家人,和他们家共事过。那个不幸早走的局长曾经是我的领导,他真的是个很好的人,也是正直的人。能看出来,卢音对他有着很深的感情。我去找那一家人,告诉他们卢音的事,我觉得他们可以劝卢音走出来。一个人惦念恩人没错,这个世界其实需要更多像卢音这样的人。一个感恩的世界会很好,但是,只有把自己的生活过好了,这才是最好的感恩。当时是大风天,我和他们一家子人约好,只是,我来找你你没在,你回老家了。还有,小莲,我要告诉你,他们陪着卢音去找心理医生了,我也告诉卢音,我是在'宠儿'餐厅里知道了你的事情。她答应我,会抽一天时间来你这里,好好地和你聊聊。"

小莲还在给客人炒菜,只是翻炒的速度慢了下来。她说:"你真的要走了吗?"方逸说:"是。"小莲说:"那……你以后还会来这里吃饭吗?"

"会,当然会!"

"那我等你。我不改名字,饭店会一直叫'宠儿',也不会搬迁。"

"不过……我可能以后来得会比较少。"

"没事,只要你来。"

"我来。"

小莲炒完了菜,给另一个客人端了过去。方逸看了看那个人,还是那位"蓝风衣",隔了很长时间,他又来了,只是他换了一件衣服,不再披蓝色的风衣了,而是穿了一件黑色的夹克。他还是点了一瓶酒,慢慢地喝,没说话。

方逸对小莲说:"你是个好心人。我会记得回来的。来看你们。"

最后方逸走出了门，小莲看着他的背影，湿润了眼眶。

## 06

另一座城市更大更繁荣，当然，方逸并不单单仰慕城市的繁荣。调往一座大城市，或许更适合拓展一个人的事业。就像以前他每一次来这座城市参加活动的时候，他都会认真地对待。人一旦挪动了一个地方，总是会喜悦一阵子的，但随之而来的，就有可能是一种孤独。这并不奇怪，每个新地方都需要一段时间来适应。或者说，有些人就是为了体验孤独才会去挪动，这样才更有生活的动力，才能生存得更好。

只是，令方逸没有想到的是，他竟然会在这座城市和小莲邂逅。

他惊讶地张开了嘴，差一点就喊出了"小莲"。

那时，他刚参加完一个绘画展出来，这已经是第二年的夏天了。他一出门就看到了小莲，但是却不敢相认，那是小莲吗？应该是的：清瘦苗条的身材，一双东张西望的大眼睛，玲珑的小嘴，红润的嘴唇。她怎么会找到这儿？他看见小莲在向他挥手，那就是她了——举起的手有些畏怯，有些羞涩，他挺了挺身，整理了一下衣领，迎面走了过去。

小莲说："我知道你在这个绘画展上有一个演讲，我在外面等了很久，在窗户外我都听见了。""外面？"方逸有些诧异，"你怎么不进去？"

"他们不让。"小莲向楼道的方向努努嘴。两人站在一棵香樟树下，小莲指了指后面，她说："我在这里租了一个房子，我想在这座城市待上一段时间。我……我想……我想再给你做一次饭。"

方逸犹豫着说:"可是,我下午四点多还要……"

"没事!"小莲打断了他,"没事,你几点结束,我等你!"她固执地看着方逸,迫切地想要一个答案。她接着说:"快一年了,你一直没再回去,我还想再给你做一次饭。你知道吗,最近我又学会了几个新菜。我怕你在异地吃不惯……"

"是,确实吃不惯……我现在都不怎么在街上吃了,一般都是回家自己煮面。"

"那,我今天给你炒几个菜吧?"她的语气里甚至有些乞求,怕他拒绝。

方逸朝天空看了看,几只鸟儿穿过树枝的缝隙,落下一些细碎的东西。他迟疑了一会儿,对小莲说:"你等我半个小时,就半个小时,好吗?其实我也很想听你讲故事。"

小莲说:"好的,我就在这儿,我等你。"

# 姐姐

文 | 半截

## 01

　　这个冬天雪还没下,北风却早已刮了起来,破木门迎合它吱吱地摇晃。我坐在屋子中央的椅子上,头顶落下来的光直直地打在姐姐卧室的门上。那门关不上,只好虚掩着,留出一条细窄的罅隙,里面没有半点动静。楼道里传来了空酒瓶砸在地上迸裂的声音和像猪一样哼哼着的小曲儿,隐约有个东倒西歪的影子拾级而上。那是我爹,一个浑球。

## 02

　　"姐,这衣服大了些。"我抬起头看着姐姐说。

我的姐姐很漂亮，这主要归功于我那个素未谋面的母亲。她总是穿着一件天蓝色的布衣，今天也不例外，其实我觉得姐姐要是换成一件大红色的肯定比现在更漂亮。可是我没有。

　　"好像是的。"姐姐蹲下来扯着我的衣服看了看。那是一件白色的衬衫，很新，只是稍微有些脏，但这不碍事，洗一洗就好了。姐姐走到里屋去拿尺子给我量尺寸，"那我帮你改改好了。"

　　"不要，改过了就不好看了。你再帮我去拿一件来嘛。"衣服是姐姐从厂里拿来的。因为那些衣服卖不出去了，就堆在一个角落里，姐姐去得迟了，怕回家太晚也就没来得及挑。

　　"好吧，不过等会儿你要听话，别惹咱爹生气。"

　　我用力点了点头。姐姐笑了，也许是看我穿着这不合身的衣服的样子确实有些傻。夕阳的殷红抹在她的脸上，煞是好看。

　　姐姐怕明天去就被人拿光了，套上一件大衣就出了门。

　　那厂离家挺远的，起码在我印象里是这样的。我只去过一次，在前年的一个夜里。为什么去我不大记得清楚了，只知道那晚的天气凉飕飕的。雪白得如同大饼一样的月亮高悬在山头，脚下的羊肠小路蜿蜒崎岖，姐姐牵着我的手紧紧地贴着我，像是怕我走丢了。这段路是我走过的最长的。也许是因为游离在山林间若有若无的狼嚎。

　　狼，以前是这里的灾难，尽管过去几年里被人们打死了很多，但它们依旧盘踞在山腰，真是爹口中的"祸害遗千年"。我是没见着过狼，但我听说过一直流传于长街短巷的恐怖情节：月圆之夜，一个女人经过这儿的时候被由狼变成的狼人吃掉了，从此那女人的魂魄就一直游荡在这条路上牵过路人的魂魄。

我问姐姐："这是真的吗？"

她笃定地说："假的。"

头顶的月亮愈发明亮，幽幽的狼嚎声揉进了钻入肌骨的风里，顺着裤腿一直往上攀爬，沿脊梁渗入体内，让人不由得打了个寒战，而姐姐好像哆嗦得更厉害。

"姐姐，我想回家。"

"抓紧姐姐的手，不要害怕。"

## 03

从窗口望出去，爹耷拉着脑袋坐在楼梯上，一副半死不活的样子显然已经苍老。手上拿着另一瓶劣质酒咕咚咕咚往嘴里灌。那都是姐姐的心血。他只是个不会伤心，不会动拳头的醉汉。

## 04

爹总是在喝酒，从我有记忆开始似乎就没停过。他最喜欢楼下一家小店铺出售的白酒，有次我偷偷用筷子沾着尝过，除了辣，就没什么其他感觉了。我不清楚爹为什么喜欢喝那儿的酒，后来不知从哪儿得知原来是那家小店铺的老板娘很像我娘。

我跑下去瞧过几次，那老板娘很好看，不过比不上姐姐。

我问姐姐："你见过娘吗？"

姐姐说："嗯，见过。"

"那她长得好看吗？"

"当然。"

"娘现在在哪儿？"

姐姐摇了摇头说："我也不知道啊。"

"娘为什么要走？"

"你今天怎么这么多问题！"姐姐莫名地发了脾气，没再理我。

那天爹回家很晚，我在担心怕是他被那女幽灵牵走了魂，盯着月亮直到半夜才迷迷糊糊地睡了过去。醒来的时候天灰蒙蒙的，还没亮，爹的房门开着，上完厕所听到楼梯口的一阵哄闹的声音，我知道父亲回来了。只不过除了他还来了另外两个人。

那两人光着膀子拎着爹的衣领闯了进来。他们块头很大，比爹大好几号，胸口文着花花绿绿的图案，一副凶神恶煞的样子。

其中一个人拿着一跟粗棍子环视了一圈屋子，问爹："钱呢？"

爹哆哆嗦嗦地回答："在屋里。"

爹冲进了姐姐的房间，姐姐问了一句什么，爹厉声骂道："关你屁事！"话音未落爹就哈着腰把一叠破破烂烂的钞票递给了其中一个戴墨镜的男人。

男人粗略地翻了翻，笑着说："大哥，就这些吗！"

爹正想转身再去找，男人朝拿棍子的打手使了个眼色。打手一棍子把爹打翻在地上，爹越是求饶他们越是打得厉害。不知道发了什么神经，我从角落里拿了个空酒瓶递给瘫在地上喘息的爹，爹没有伸手接。那时他们把屋子里的东西砸得乒乓响，出完气正好看到我，抄起刚放下的棍子朝我走来。

我呆呆地看着他们，挪不了步子。

棍子就快打到我的时候，我被什么人一把扯开，紧紧护在怀里，听着喘息声，是姐姐。她手里拿着那个本应该握在爹手里的啤酒瓶，朝他们喊了一句什么。

他们笑了，尖厉地笑了起来。特别是戴墨镜的那个，他不怀好意地上下打量着姐姐，和旁边的打手感叹："这小杂种长得还挺白净的。"

他们走了，留下碎了一地的碗、盆和烂泥似的父亲。

东方即白。姐姐和我说了很多，说爹是怎么染上酒瘾赌瘾；说这屋子是怎么变得四壁空空；说娘是怎么失魂落魄地离开家；还说以前家门口开满花的时候娘总会采几朵插到窗口的花瓶里；当蝉声爬满石榴树的时候爹就会用木棍打下几颗红得像血一样的石榴给姐姐尝尝；漫天雪花的时候姐姐喜欢在楼下的空地中央堆上一个很大的雪人。

半轮红日从地平线升起，又是新的一天。

姐姐哭了，红了眼眶，眼泪落了一地。

他们说女人很爱流泪，所以女人很美。可我从未见过姐姐流泪。我牵着姐姐的手说我有些困了。

## 05

冬天的日头总是很短,前一眼是夕阳西下,后一眼就是繁星满天了。只是今天没有星星,月亮倒是一如既往的大。

以前每晚都会和姐姐一起看月亮,阴晴圆缺,总能勾起许多回忆和臆想。我老是觉得月亮上面住着的除了嫦娥,还有娘。因为那儿很冷,所以娘穿着大红色的毛衣。娘一直在酿酒,时不时地会低头往我们的方向瞧上几眼,然后继续酿酒。

我和姐姐说起过,姐姐很奇怪地问:"娘为什么要酿酒?"

是啊,为什么?

突然,外面的天一下子黑了下来,就像那唯一可以用来照明的月亮喝醉了,躺在地上再也站不起来了,手中瓶子里的酒洒了一地。

雨滂沱而至,紧接着是贯穿夜幕的雷电。恐惧之余我大叫了声姐姐,可是她今天不在。她去给我拿衣服去了。

我望向窗外,搜寻姐姐。行人匆匆,他们都被这场突如其来的犹如世界末日的瓢泼大雨弄得惊慌失措。只有一个摇摇晃晃的身影不合这惊恐的格调,我以为那是爹——他一直是以这种颓废的样子出现在我的视野里。可那不是他,是姐姐。

我哭着冲出了屋子。雨比我想象的还要大许多倍,劈头盖脸地砸在我的脸上，我就像那天被棍子吓傻了一样在街道上不知所措。

我知道我站在人群里很傻，而且还穿着那件大得不像样的破衬衣。

"阿弟，你别害怕。"姐姐牵着我的手，低头冲我笑了笑。

姐姐的衣服已经湿透，脏兮兮的似乎还有些破损，看上去有些别扭。头发死死地贴在脸颊两侧，脸颊发红，像是挨了一拳。她颤颤巍巍地把怀里的衣服递给了我。衬衣沾上了许多泥块和血迹，面目全非，再也恢复不到原先透人心扉的白了。再也不能了。

## 06

阴暗的屋内原本干燥的空气变得有些潮湿，悄无声息间生出一股类似苦杏仁的味道。这种味道总让我想起路边娇小的流浪猫被暴戾的青年用砖头砸死，血流满地的情景。屋外醉瘫在地上的爹打着滚儿想把滑出手心的酒瓶拾起来，酒瓶也咕噜噜地打起了滚儿。

我把姐姐的房门推开，姐姐躺在地上，穿着血红色的衣服，一动不动，像个刚下凡的天仙。牵起姐姐黏糊糊的手，纤细而长满了突兀的老茧。

姐姐，我带你回家。

## 情书

文 | 盛之锴

我们在结束时开始。

其实我也不知道应该写些什么。好像是有很长一段时间没再给你写过信了,自你高考完又开始了各地的独自旅行之后。还记得夏天前给你的最后一封信中塞了一张在深圳办的必胜客的会员卡。我也不清楚为什么突然想要塞一张这样的卡在信里。或许你没收到信是因为这样一张卡的缘故吧。其实我也不记得这封你没收到的信里写了什么内容。大概也没有什么吧,和每一封寄给你的信一样,无聊的生活与梦想,祝福与念想。

今天就是七夕节了。人们把七夕节渲染成和二月的情人节一样的氛围实在是有些令人厌烦。电台里悦耳的女声一直在说:"很多女孩在今夜对着明亮的月亮许愿,祈求鹊桥上的织女赐予她们美满的爱情、智慧以及贤惠。所以七夕节又称为乞巧节。"这些都是中国的传统,含蓄而温婉,并不是和西方情人节一般的热情奔放,满大街的玫瑰花和巧克力。

走在路上的时候耳边吵吵嚷嚷得让人难受。我只是觉得我的右手不应该是空的,不应该只是抱着一台笔记本电脑。大街上要么是成双成对,要么是成群结队,比春节的气氛还要吵闹疯狂。而形成鲜明反差的是到了自家小区后蓦然的安静。我从没听过如此的寂静,寂静到整个世界仿佛死掉了一样,寂静到我的眼泪差点流了出来。

在路上的我打不到车,小城里每当节假日出租车就显得特别抢手。我满脑子都是今天晚上要完成给你的礼物,给你的情书和玫瑰。但是我实在不想和这一群一群让人厌烦的情侣们走在一起。在打完你的电话后我在十字街口打到了车,而这辆车却是刚刚差点撞死闯红灯的我的出租车。半开的车窗外霓虹灯出奇的璀璨,昏暗的天空中飘满了美丽的淡黄颜色的许愿灯。从远方吹来的风将这些寄满了人们对于爱情和未来美好憧憬的许愿灯吹向远方。有人说这些燃烧的许愿灯就会这样飘啊飘,一直随风飘到我们所抵达不了的尽头,然后在火海边的三生石上刻下诺言。这深深铭刻着的声称永远的诺言不会磨灭,就像我从前写下的一句话:我们刻在过往河途的誓言永不磨灭。

我想对我来说无论七夕节还是情人节似乎都和我没什么关系。撑死了不过一个星期四而已。倒是今年的这个节日忽然多了一点微妙的东西。你说呢,我亲爱的女孩。

这一年有过很多次台风,而这一次的台风直接消去了整个南通城酷暑的温度,冷风吹过大街,你可以想象我现在开始穿长袖外套了。多么想现在就能到秋天,因为接下去,会是冬天。我爱冬天,相比春夏秋。我们是在冬天相遇的,对吗?我依旧记得那时你的模样,乔丹外套,短发,白颜色的指甲，抱着小隆的画安静地站在考场的门口。上海的冬天不是很冷，飘着小雨吹着轻柔的风，像是儿时躲在丛林中独自偷偷玩耍的快乐，却不觉着孤独。夜晚路灯的光晕带着微微的醉意，让我不能忘记的三人行，和朱磊那个拖油瓶似的旅行包。转眼间我们各自走过了多久，在不同的地方不同的城市遇到不同的身边的人。很多时候会从书包里翻出你在每座不一样的城市给我写的信，在烟盒和锡纸上写下的铅笔字飞舞。你现在已经在西宁了吧，和谁喝着酒，说着"烦死了烦死了"的口头禅。青藏高原的天空是否蓝得通透，那离天堂最近的地方听说伸手就能碰到飘在身边的云彩。而我很快便要开学，开学后便可以换上高三生的校服。

整个高中过得很快很快，到现在没什么留恋没什么美好，乏味和平淡，作业和作业。唯一的娱乐便是夏天一群人光着膀子站在宿舍走廊的阳台上吸着烟唱着歌喝着酒，听冷冷吹来的风，将白色烟雾悄无声息地融进这片天空的大气层。然后膨胀成云，又随着雨落下。

我也依旧记得冬天时候你来到我的城市，走过的街和路过的店。不知道你是否觉得这是一次完美的投资，只用五十元的车费和四个小时的时间就牢牢拴住我的心。还只是顺道来看我，待一个下午，接近黄昏时你又要去往其他城市。还记得我的诅咒，曾经邪恶地诅咒你开往其他城市的长途汽车半路爆胎……可惜它没有灵验啊。

再到后来长长的一段时间我们之间浅浅的联系在于短信与信。父亲有个好习惯就是从来不会偷看你寄给我的信，只不过他每次都会抱怨说我哪儿来的那么多信，然后调侃我说"男的女的啊"，"写了什么内容让我看看"。我突然想起一次无意间偷看父亲的手机QQ聊天记录，他在和他以前同学聊天的时候竟然会有这么一段对话：

"唉……"

"为何叹气？"

"孩子不听话呗。"

"那是，孩子长大老子靠边。"

"这话……"

"怎么了？孩子是有女朋友了？"

"没。"

"有的话就领家里来呗。"

我无语，想不明白为何我从未见过他能在我面前如此开放。

你的脚步从未停息过，我在写吉林纪行时取的标题是《乔木，你的世界永无止息》。或许就在不久后的某一天你会在你的邮箱里看到这一篇难产的纪行。今年二月份你回到了上海，在上海又玩了很久后终于回家。

艺术课时同学在说迄今为止干过的最疯狂的事情是什么。老师说是在和男孩分手时站在马路上声嘶力竭地喊着：我们不是说好要一生一世的吗？她说话时带有对于自己那时幼稚的嘲讽，却掩藏不了对内心那份最纯也是最真的东西的怀念。班上另一个同学是校花，她说她干过的最疯狂的事情是半夜从二楼爬水管下去跑到男生宿舍打牌喝酒，然后拼床一起睡觉。早晨披上一件黑衣外套扣上帽子泰然自若地和一群男生走出去。我听着有些你的味道，不过你时时刻刻都在做我们所认为的最为疯狂的事情。

老师看了我一眼，然后说："你不用说了，我们知道你最疯狂的事情就是去吉林。"

有人曾这样对我说:"我看过这样一句话——这个世界上有两种冲动最值得人佩服,一种是为了旅行想走就走,而另一种是为了爱情奋不顾身。"我厚颜无耻地说:"真的吗,那么我不是两种都占全了吗?哈哈。"的确,很难想象我真的可以独自旅行,深蓝双肩包和单反相机,这是我最想要做的事情却从没想到过在未成年的时候就完成了它。起因只是我在某一日的放学后在宿舍里接听你打来的电话,你说你因为高考后满满的行程不能来这里见我时,我脱口而出的一句话:那我来找你玩吧。我想要去北方,我很向往北方。这个世界很是奇怪,南方的孩子想要去北方转转,而北方的孩子却想着来南方看看。我在百科全书上看过梧桐和枫树都是落叶大乔木。这是我最喜欢的两种树。梧桐安静,而枫树在深秋燃烧后的天边如火令人陶醉。听说最美的枫树林是在北京的香山,等哪一年有了时间,我也想去那里看看。

我不知道我是否在吉林看见过这些落叶乔木。北方宽广而车辆稀疏来往的街道总会堆砌着枯涩的落叶,无论季节的变换。我想看的是照片中那漫天飞雪三尺生寒的样子,有北方来的人说:"北方的冬天可冷了。晚上如果喝醉了躺在路边,第二天就被冻死了。"这样想想好像你时常喝醉酒,有时候也会在大马路上打滚儿。幸好你认得回家的路,总可以找到一小团温暖的火焰聊以慰藉,不让你唯一的那一点希望与美好破灭。刘亮程曾经说过:"雪落在那些年雪落过的地方,我已经不注意它们了。"而我去的北方是夏季的北方。

那时北方夏天的夜晚不是夏天,凌晨四点时分的虫鸣蛙声是初春的嘶吼。很冷。我手中的温度永远没有你的暖,这让我一直很郁闷。明明你才是冷血动物。我看着你冷得发抖,把外套套在你的身上。你一脸狡黠的笑容,三十六度混杂着酒精的血液充斥在你红红的脸颊上。我与你坐在你家的门口，喝着啤酒从北极聊到南极，优哉游哉在世界转了一个圈。这里的星空异常明亮，可以看到漫天灿烂的星星连成一条壮丽的银河。那是启明星，还有北极星，大熊星座拥抱着小熊星座。最远端的天空泛起了白点，露水凝结，空气冰冷。我和你就这样坐在满布粗糙石粒和玻璃碎渣的小道上，光着脚丫的你疼得龇牙咧嘴让人心疼。你们可以想象这样的画面，如此美丽的画面。离别的时候我轻轻拥抱着你，然后你撩起我遮在额前的发，踮起脚尖吻了下去。我庆幸还好天还是黑的，黎明还没到来，不然你会发现我的脸红。

我们不是神的孩子，我们只不过是在神的眼下行尸走肉般的冰冷物体。神不会哀怜任何一个人所以也不会垂青任何一个人。有时候我会怪世界的冷血与肮脏。有句话说"别骂世界不公平，世界没空理你"。你签名的一句话是"总有一天我会让你们看见，我走过的地方鲜血逆流成河"。估计那个时候你还在看郭敬明吧。只是对不起我并不能一直在你的身边，不能给你安全感，不能抱住你给我的温暖。但是请你相信，我并没有骗过你。

我喜欢上张信哲的《过火》，没来由地喜欢。就像你一样。我说过我第一眼就喜欢上你是因为当时在门口遇见的你像极了一个女孩。性格很像，模样很像，语气很像，就连走路的姿势也很像。和朋友聊起这个的时候她说这不就是那个女孩的放大版吗。但对那个女孩我也只是喜欢，就像默默暗恋着她一年两年，但不会说出口。你不一样，真的不一样。我爱你，只是你。

原谅我的笨拙和迟钝，就像你时常骂我是猪一样。我自己也分辨不清何时明了如镜何处却又浑噩似泥。我只是跟着自己的感觉走，并不想刻意做什么。但我也总是在担心未来，能否考上上戏，能否给你你真正想要的生活，能否一直保持这样的关系。这一切的一切都阻止着我的思想我的脚步，所以当你和我说他是你新男朋友的时候我慌了，傻了，不知道该何去何从了。我从未如此感到过你是我的信仰，在我心中。

我甚至想好了措辞，该怎样说你要好好的，你要幸福。然后我忽然觉得这真像是每周晚八点档的苦情剧一样。男二号喜欢女一号，他们从小青梅竹马。有一天遭天杀的男一号横空出世，然后轻松地勾搭上女一号。男二号就华丽丽地死掉了。那句台词怎么说来着，对不起，我只当你是我哥哥。关键是我时常笑男二号傻，现在自己好像就是这个傻子一样的悲剧男二号。

我依旧保持着笑脸上着数学课，和老师开着无聊的玩笑。在你给我发让我不要生气的短信时候我就知道你接下来要说什么了。男一号用了四天，而男二号用了大半年还在路上上着无趣的数学补习课。

天知道衰小孩也会有爆发的一天，我在给你发"做我的女朋友吧"的时候是多么雄心壮志，然后马上就枯萎了。

当然这现实不是八点档苦情剧的剧情，故事的结局永远不会是最好的却也永远不是最坏的。

喂、哦、嗯、好吧、你好吗、你在吗、你在哪里、你不在。

我很头疼你喜欢发的"哦"。冷冷的一句台词硬生生压下我将要脱口而出的话。很多时候你应该是无所谓的吧。你做过我们想要做却不敢的所有事。我不知道你的未来定格在哪里。但是应该有那么一天，在你所说的法国梧桐树下，赤着脚丫，喝着酒，在深夜两点无人的马路上吹着风唱着歌。你不会再担心接下来居无定所的漂泊，因为前方有一座亮着灯的空房间，在一所大学旁边。我为你倒上一杯果汁。

会不会扯得很远,我也不知道应该写些什么。你不会为这些杂乱的文字而感到头疼的对吗?这是我为你写的第一封电脑敲出来的情书,你会看到吗?我在爱你。

做我的女朋友,好吗?

我们在开始时结束。

## Part 5 无人之岸

无人之岸 —— 文 | 半截
底牌 —— 文 | 电子链
十夜魔谈 —— 文 | 止死
前进 —— 文 | 郑倩

## 无人之岸

文 | 半截

在雨后的早晨,我收到了信,信封上她认认真真地用似初中生圆圆的字体写着我的名字、住址还有邮编,送来的时候信的右上角,就是贴邮票的那一块儿地方被雨水打湿了,黏糊糊的,于是我端着它在电磁炉上烤了一会儿,但是因为什么事情——大概是关于我母亲的事,还没烤干我就放在一边出门去了。那天我回来得很晚,随便吃了些早上剩下的面包,喝了口水就上床睡觉了,等第二天醒来,又迷迷糊糊地开始了几年来一如既往的单调。

我现在有了一份体面的工作,是给一家报社写关于过往的人与事的报道,简单来说就是写点回忆录,但是回忆录的主角需要自己去找。我向来是个不善言辞的人,不自觉地绷着个脸,"你这样根本不会有人信任你,也不会有人愿意把自己的故事告诉你",我的前辈曾这样指责我,因为我最近十几篇"旧人故事"都是杜撰的。和其他所有的前辈一样,她也是个快退休的老人，褶皱的脖子上挂一副琥珀色边框的老花镜，尤爱《卡刚都亚和庞大固埃》，却在我辩解为什么要杜撰的时候深沉地叹了口气说："你这样不如去写小说。"她又趴在地板上摸索被我踢到沙发底下的巨人。

"我都快忘了这回事了。"我说。
"怎么可能？又不是老年人，不可能忘记的。"
"昨天我吃掉了我第三十七个生日蛋糕。"
"生日快乐！"
"蛋糕就别想了，我已经都吃完啦。"
"我自己也会买。"

我当然没有忘记那回事了，无非装腔作势一番，世上好多人都是这么做的，面对常人俗不可耐的怀念，将自己扮成一位孤胆英雄。那是我过得最开心的时候了，像还未被并入乏味生活轨道的一小节车厢，带着神秘且神圣的色彩从这一头扎入隧道，然后就在漆黑一片中骤然消失不见，冲出隧道时轰隆隆的噪响中，列车车厢飞快地从原本的十九节变成了十八节。

立冬之前的下雨天，不会有夏天的闷热，更不会寒冷得刺骨，风里是恰到好处的凉，而这种凉也使得空气清新许多。一个适合外出的时令，我喜欢这天气，所以我打算四处转转，顺便收集些素材。"好自为之。"那个老太婆最后告诉我说，她要是发现下一篇还是我杜撰的，我一分钱也拿不到了。听她的语气像是动真格了，老太婆在巴黎还是哪儿留学，修习比较文学，年轻时有过一番大作为，想不明白她怎么愿意屈身普普通通的小报社。

我很久没有走过兰亭路了，这是我们一同走过的小路。纷杂的繁华大都会里，兰亭路周边坐落着的小村子算是侥幸残存下来的清闲之地。三层高的翻新房屋外的水泥墙爬满了绿苔，它们是村子里最大的建筑物，而粉墙黛瓦的老房子在挺拔的松木之下掩藏着。两人宽的小河在这些或许已经被遗弃的楼房前蜿蜒曲折，村内唯一的青石板桥左侧是坍圮的古宅，古宅墙面断裂处显露当初被用来当作加固材料的鹅卵石，承重横梁的一头毫不留情地打在泥面上。夏天的时候因为其前后缺失的木门，清风裹挟湖面上的凉气从一侧直直穿堂而过，因此这废弃的古宅成了老人们纳凉的好地方。

　　兰亭村比较偏远，不在主城区也就意味着暂且逃去了被开发的命运。随着周围拔地而起的动辄二十层的高楼大厦蚕食，去年夏天我去古宅看望我一位老朋友A时，村子内四处流窜着身穿后背印有广告词的大红色T恤的开发商员工。

　　A是我刚到B城时认识的老头儿，我那会儿蜗居在写字楼旁的学生公寓里头。我住二楼，他每天早上在楼下卖早点，他一吆喝，我就知道该起床了。这种简单得可怜的联系成为我那几年唯一的寄托。我并不喜欢他做的早点，豆浆太咸，包子太老，鸡蛋壳总是像胶水一样牢牢粘在蛋白上剥不下来。可那个读到巨人撒尿时会失声大哭的老太婆居然喜欢，于是我去报社之前会顺手给她带上一份早点。

　　老头儿头发花白，还没有秃顶，鹰钩鼻，这让他看上去比同辈的人年轻几岁，唯一的缺点跟我一样，就是不怎么爱笑。他笑起来的时候，眼睛会弯成半圆弧线，像半个月饼，要是经常这么笑一笑，他难吃的早点也应该能多卖出几份了。

"其实吧，您这个包子有点硬。""五一"节过后的第一天，他给我多拿了几个肉包让我尝尝的时候，我对他坦白道。他呆呆地望着我，像是出了神。清晨的阳光才在夜与昼之间划出界线，早班的公车攒动，从公寓后边的公交总站排着队缓缓驶出，老头儿突然哈哈大笑起来，抓回我手里热气腾腾的包子。他一甩手说："不吃就不吃，滚吧。"后来，我每天下楼都问一句"今天包子打算卖几个"。

　　那古宅是A的高祖父建的。

　　我在门口又遇上了好几个发传单的小姑娘，这回她们穿的是蓝色衣服，背后印的广告词也不一样了。我顺着河流大体在村中绕了一圈，没有太大的变化，只是原本住在河口那一片房屋里的人都离开了，他们搬走了人件的家具，把过去几十年的生活翻了个底朝天，屋子里墙刷得仍然都是绿白颜色的漆。

　　我还没敲几下门，半个月来村子里送一次信的邮差刚好推着黑漆老式自行车经过，叫住了我说："老头儿上个月月末就走了，背着一个大麻袋包。"我问他为什么，邮差尴尬地笑了笑说："谁知道呢。"

　　"最近老是见不着他的早餐摊儿。"

　　"他的早餐有什么好吃的，白送我都不吃。"邮差用右手拍了拍扶着的车座，冲我点了点头就走了。

　　"我还是要吃的，当然了，前提是他得倒贴我五块钱。"

　　在老头儿家屋檐下的小板凳上坐了好一会儿，屋前是那条小河，上面漂满了水葫芦和浮萍，我想这河水应该只能在它们底下流动了。我告诉老太婆说卖早餐的家伙走了，早上我又两手空空地去报社，当然，她也习惯了，从

"庞大固埃"抬起头淡淡地应了一声,一副漠不关心的样子。好像女性越老就越没有性别,这个老年人摒弃了作为女性的柔,彻彻底底地作为另一类人超脱于尘世。

我从小在农村长大,烧火做饭时土灶台反出来的烟灰总能蒙你一脸。当那个胖胖的中年妇女从老房子里出来的时候,我就知道了她刚把饭煮好,灶炉内柴火的火星估计都还没有熄灭呢。

"阿姨,刚做完饭?"她穿得很朴素,坐在弄堂对面一户人家的后门台阶上拨弄头发,斜倚着一侧的墙,脸上全是汗。

我递给她刚刚发传单的小姑娘塞我手里的塑料扇子,扇子圆圆的,两面都印着一栋楼房和一串联系方式。

"不不不……"她腼腆地笑笑,"我不识字,我不要。"

她说她来自安徽,在这儿租房子的,跟她丈夫在马路边一起种花木,最近天气太热了,就待在家里给她的几个儿子做做饭。她指了指那间黑不溜秋的小房子,很开心地笑了笑。

"我大儿子结婚了,小儿子是做电器工的,嗯,修空调啥的,能赚很多,我老是说他,你赶紧找个对象吧,他说,我不想谈恋爱。嘿,也不知道他在想什么。"

"这个不着急的,慢慢来。"我说。

"是。上回有人给他介绍了个姑娘,他不要,可他看上的姑娘,人家又看不上他,这有啥办法?我一个女儿在老家,已经嫁人了,就差他。"她说起这个,那把塑料扇子越扇越快,让人莫名地有了好心情。

我问她老家在安徽哪个市,她说了一个地名,我没听过。

"那我不知道了,我只知道合肥,你们那儿离合肥远吗?"

"远得很。"

她跟我说她来这儿快三个月了,她好几次跟隔壁的老太婆打招呼,那个老太婆连看都不看她一眼,她说:"她们说的话跟你不同,说的什么我都不知道,叽里呱啦的,但你说的我就能听懂。"

我只好笑笑。

"她们可能是听不懂你说的话,所以才不理你吧。"

"不,也有其他外地人,她们都不说话。"

"这儿是不是有很多外地人租房子?可这儿要拆了,那你们咋办?"

"再找其他地方就好了,房子很好找的,两百八一个月,不贵,你说是吧?

"老家那儿也在开发,造了好多水泥路。现在条件好了,家家户户在砍树,把树砍了修房子,明年我家也要修了。小儿子做电器活,买了一辆车,很宽敞,能坐七八个人,过年回家就把车开回去。"

"嗯……面包车?"

"对,面包车,很大的,能坐好几个人,你要是想躺着都没问题,我让他过年带着我们把车开回家去。"走之前,她以为扇子是我借她的,非要把那小小的扇子还给我。她蹲坐在那儿,双手举着它。

十二月中旬,我结束了在报社的工作,四处游荡,等到大街上挂满了红灯笼的时候,我想起我妈,买了一张回家的车票。在车上的时候,我给叫"诗主题乐园"的杂志社发了一份邮件。

我在十月份又重操旧业,因为我发现老太太似乎非常不满意我找的那些素材，我花了两天时间写完有关城市扫墓人的首稿，之后的十几天里认认真真地修改，为了消除杜撰的痕迹。可还是被这尖酸的老太太发现了。

十一月，我顺利拿到了工资，她告诉我你好好写，你还年轻，说完这句话，就把稿费夹在"庞大固埃"里边递给了我。十二月中旬，报社要出一份春节特辑。照例，我又杜撰了一篇，可这次的文章差强人意。我写不好处于集体无意识欢乐之中的人，所以我也写不好那些热闹的场景。为了避免自我的恼怒，我待在我的舒适区内，怡然自得。我压缩了春节的占比，将文章写成了关于鞭炮周身缠裹红纸技巧的科普文。

母亲在去年这个时候，还在田地里打理即将成熟的油菜。在南方，秋初收割了稻子，过一段时间播种油菜，等来年用细细密密的黑色油菜籽榨出菜油来，炒菜时浇上新鲜菜油，便从滚烫的锅底冒出青色的浓烟，简单的青菜也透着一股特殊的香味。我还是喜欢将菜籽握在手心，顺着指缝渗漏时的酥麻，黝黑的菜籽捏碎后里边是翠绿色的。

我下车后，重新熟悉回家的路。母亲远远地就在村口朝我挥手，她戴着一副杂色毛线织成的手套，站在一棵梨树下。我在手套的横纹中仔细寻找，发现了我小时候那件淡黄色毛衣的踪影，母亲善于在各类的毛线当中编织出我想要的东西，拆下一节围巾，然后拼接在袖子上，又是一件新衣服，我最喜欢穿这样的衣服了。

初一随母亲去了祠堂，因为节假日的缘故，母亲算错了班车的时间，晚上我们挽着手走了十几公里的夜路，母亲的喘息声忽快忽慢，我也是。从市中心往回走，车流也跟着逐渐减少，最后只剩高悬的明月为行路人照明。淡云被风吹向远方，月光在明暗间闪烁，我多想死在这月光之下，就死在两旁的田野里，用腐烂发酸的稻草铺在我的尸体上。

我在那儿住的最后一个晚上，有村干部找上门，我母亲同他们小声争论了几句，然后就哭了。母亲哭哭啼啼的，低声啜泣，那些穿着深灰色大衣的中年人也不好意思开口再提拆迁合同的事，安慰了几句，悻悻地离开了。然后一切都得到了片刻的休憩，适合小睡。

总之，我想说的是，好多人好多事都在改变，我应该也在改变，你应该也在改变。

我在正月初八那天收到了一份电子邮件，写信人一栏塞满了十几个稀奇古怪的名字，就跟十几年前一样稀奇古怪。是我的那些朋友们，他们邀请我去C城，重启好几年前那个晚上醉酒后冒出来的计划，内容一栏是两个字"集合"，让我赶在木棉盛开之前，坐上飞驰的列车穿过B城直奔C城，想想就开心。

哦，对了，我不再用那个笨拙的名字"青川"了，爱丽丝，两天后我就要搬家，昨天在整理行李的时候突然想起你的那封带着漂亮外壳的信。你说你回来了，让我去找你。你知道，我当然还爱着你，爱丽丝，就像我的坏记性没法改变，简单的脑子只够盛下你一个人。我喜欢你在夜间静默的样子，跟历史上所有美人一个脾气。只不过我现在还挺忙的，我答应你我会另找时间。嗯，我收到信时，信封好看得让那个坏脾气邮差一直等在门口，两眼盯着我手里的信，像是在催我去拆开其中的秘密，我当然不会让他得逞了。

# 底牌

文 | 电子链

**猜牌**

"辛小姐,您觉得,还有玩下去的必要吗?"我紧捏着手里的四张牌,将它们不断转动。

胜券在握,辛小姐的灵魂很快便会被我放在一边的镰刀收走。

"闭嘴!"虽然隔着一道墙,但游戏的设定仍能让我看到,辛小姐靠坐在墙边,咬着手指头,琢磨着到底该怎样接我打出的牌。

解说牌局是没有意思的,UNO的规则也就那样,倒不如向正在观看本次灵魂收割现场直播的您概括一下现状。如您所见,我正在陪着这位小姐玩着五颜六色的UNO牌,而我的目的,仅仅是为了取她的性命。

啧,当然,不是所有人都有这项权利来进行纸牌游戏的——我们可没那么多闲工夫用这么多花样去收割人命,我们又不是接受赏金还玩法多样的变态杀手!恪守本分才是我们的职业素养。但这位小姐的求生意志实在过于强烈,她愿意用名誉、金钱甚至道德与良心来换得一次活命的机会。这在工作手册上是符合流程的,因此我答应了她。

抽到的夺命游戏是UNO牌。

"玩法是这样的,一张牌代表一道墙。你每少一张牌,便会多加一道墙,反之则减少;而我手里的牌与墙的关系,则与你相反。当然啦,一开始会有十四道墙保底的。"我洗着手里的牌,对她说着。

她的沉默被我视为了同意:"逃完你手中的牌,你就能得到这次活命的机会。"

"你最好信守承诺。"她瞪着我,直接从我手上抢走了我刚准备发出的七张牌。

"哎,火气别那么大嘛,我还没说完呢。"我也从牌堆里拿出七张牌,十四道墙也伴之出现,将我和她隔开,"而我呢,只要我和你之间的墙没了,就能收走你的性命了。"

恐惧一点一点地从神经中释放出来,与她原本理直气壮的气恼纠缠在了一起,在片刻后化为了四个字:"这不公平!"

"小姐,你要知道,从你愿意赌命开始,游戏就已经不公平了。请再好好想想吧,这一开始的十四道墙,倒是对你很有利。"

辛小姐不再吭声,一切都是她自己的选择,不公平的竞赛总比没有选择权地等死要好。她默默地打出了她的第一张牌,我和她之间的墙变成了十五道。

而在若干个回合后,我和她之间便只剩下了现在的一道墙,她手里还剩下三张牌。这也就是我刚刚提及的场景,我告诉她,已经没有玩下去的必要了。

"别那么紧张,让我们来想点别的事吧,辛小姐,毕竟不能让你带着压力出牌。"我笑着,手指开始触碰被我挂在墙上的镰刀。

"闭嘴!你给我闭嘴!"她思考了很久到底要出哪一张牌,精神已经到了崩溃的边缘,对于我的轻言细语,她还以了最简单最粗暴的回答。

绝望的怒吼,是掩饰心虚的最好外套。

我没有理会她的疯狂,自顾自地将游戏复盘:"你真的很聪明,在第一次只剩一道墙的时候,你脑海里便迅速闪过了你那位朋友垂死挣扎的画面,这是你的第一次作弊。"

死神可是对将死的灵魂有着必须收割的义务,天知道辛小姐怎么会知道这一点,甩出了诱饵丢车保帅,而我作为离那位朋友最近的一位死神,必须前去完成任务。而在我忙着去将她那位朋友的灵魂捡入袋子时,辛小姐作弊多逃了两张牌,使我和她之间再次相隔了三道墙。

"你为什么要抛弃你的朋友呢?她可是有机会活下来的,只要你不去刻意地想起她。还是说,这仅仅是为了帮你拖延……"本着这个疑惑,我一字一顿地向她寻求答案。

但辛小姐似乎并没有心思去讨论这个问题,她甚至没能让我把话说完:"我没有!我没有……我没有!我没有抛弃她!她本来就该死!"

"真遗憾你这么想。"

"我只是为了活下去,我只想活下去!你连为什么要杀我的理由都不给，你凭什么取走我的性命！所以我想活下去到底有什么错！"她的声音越来越大，仿佛在为自己的悲壮唱一首赞美诗。

"可是你的朋友也……"

"够了！"

"好吧，好吧，不谈也罢。"我耸了耸肩，失望地跳过这个话题，"不过你这种作弊方法可不太明智，你从一开始就将道德作为了筹码，来和我进行了这场赌局，因而道德不可能再成为你加注的资本，系统也因此自动修复了这个漏洞，导致你和我仍然只有一墙之隔。"

而回应我的，仍然只有疯狂的吼叫："够了！别说了！别说了！"她在墙的另一端抓着自己的头发乱晃，好像这样便能把所有的问题都驱散。

我摇摇头，继续说道："不过，辛小姐你真的很聪明，很快，你就找到了另外阻挡我的方法。"

对方似乎冷静了许多，她停止了咆哮，用她这辈子最冰冷的声音问我："哦，你也觉得我这样很棒对吗？"

我摇了摇头："抱歉，死神是不能评判对错的。"

"所以我做的一切都没错。"这应该是她这一生中最坚定的话，仿佛是绝望到刺骨的湖水深处一块永远也不愿上浮的寒冰。

"抛开你所有的名誉，在五颜六色的未知牌堆中，找到最有利于你、你最喜欢的牌，都是你自己的选择。我只能说我很佩服你如此强大的心理。"

我没等她开口，便用下一句话堵住了她的口："可惜这种作弊方法还是被系统发现了。"

她的嘴唇开始颤抖，靠坐在墙边的身体也似乎失去了支撑，她沿着墙面一点一点地向下滑。但是，那几张牌却被她紧紧地捏在手里，似乎抓住它们，就能抓住所有的生机。

"辛小姐，你该出牌了。"我提醒道。

她极具规律地晃着空白的脑袋，眼神空洞，嘴里喃喃着："不，不……"对我的话置若罔闻。

辛小姐的头发越来越凌乱。

辛小姐的眼神越来越空洞。

辛小姐的手脚越来越麻木。

"你这样拖时间是没有用的。那也只是对你的一种煎熬。"

可我仔细想了想，辛小姐或许并不煎熬。她的求生意志强到可怕，或许被拖的这几分钟，也是她追求生命可贵的一份战利品，值得被一点一点地铸成最美的勋章，别在她的胸膛，昭示天下，她才是最后的胜利者。

"辛小姐……"

"啊——"凄厉的尖叫似乎要把这道墙都给震碎，我轻轻揉了揉耳道，看着她疯一般地再打出一张牌，我和她之间的墙又多了一道。

不过很快，我和她之间就没有墙了。

我打出了一张黑色的"+4"。"蓝色。"我说。

"该走了。"我拿好了镰刀，对她说。

她又恢复了刚刚那副癫狂的模样，甩着头发，将一个个字从她喉咙里挤出："对不起！不要这样对我！对不起！"

"和我道歉是没有用的，死神从来只是履行义务。"镰刀举起。

"义务？"一惊一乍的辛小姐又一次停了下来，似笑非笑地看着我。

"你说义务？"她又重复了一遍。

"是的。"

她将所有的惊惶与勇气都糅杂在一起，转化为突然冲到我面前的动力："收好你伪善的面孔吧，你不过就是想让我去死而已。"

我是死神，我的确只是想让她死。

她的这句话被系统判定为是她对我的质疑，她也确实成功了，我手里多了四张牌，四道墙也再次出现，将我和她隔开。

"你不会得逞的。"她又打出一张牌的同时，笑得像一朵开得旺盛的金盏花，我甚至能听到蜜蜂猖狂的嗡嗡声，伴随着她的话语传来。

"也许吧。"我又打出了一张"+4"。

现在，我和她只有一墙之隔。而辛小姐，还剩一张牌。

"绿色。"我笑着说。

沉寂数秒后，辛小姐爆发出了最后的笑声，那是她取得胜利旗帜的号角。她得意地将绿色的牌面挥动着，像是在挥动着占领高地的旗帜："我还是赢了。"

她以为她赢了。

"不，你忘了喊UNO。"

墙在瞬间消失，辛小姐手上又多了两张牌。

"又见面了。"我说。

"再见。"镰刀挥动。

真可惜，辛小姐再也不能创造别的笑声了。

**开牌**

"所以,锌,抛弃了它的朋友——两个核外电子,变成了锌离子,垂死挣扎。然而死神稀硫酸还是把它侵蚀。它再也不是锌了,是硫酸锌。"年轻的化学老师想方设法让化学课变得更加生动。

"这也太残忍了吧。"有学生说。

化学老师笑了笑:"它们都没有生命,所以也谈不上残忍。"

他转头看向讲台上的试管,无色的水溶液澄澈透明,但人类依旧无法用肉眼看清其中的万千世界。

"所以啊,"他又说,"大家永远都不会知道,自己那么容易就能决定别人的命运,或者说,别人的生死。"

# 十夜魔谈

文 | 止死

### 序

生活就是这样，平淡无奇。

我们把恐怖事件作为生活的调剂，把它想象成真的，来体验刺激。

很少有人相信这些事是真的，然而却不由得感到害怕。

对于黑夜的恐惧，来自灵魂。

对于未知的恐惧，来自本能。

我们害怕我们所处的生活脱离我们的掌控，哪怕只是一点点。

因为对于生命的渴望，对于我们以为早就厌倦了的平凡的依赖。

当平凡从你的生命中消失的时候，是怎样的一种感觉呢？

真是令人好奇啊。

**第一夜**

似乎有什么摩挲着的声音。

滴落的水声。

红色的世界。

眼睛在这一刻似乎失去了什么作用,因为什么都看不清楚。

地上凌乱地散落着几支白板笔。

一只手在白板上写着什么。

只能模糊地记得一些黑色的影子。

一连串的记忆碎片在脑中拼装起来,组成了某些毫无意义的东西,比如说,一个梦。

"滴——滴——滴——"

听起来,似乎是来源于真实的水声呢,于是记忆的碎片又少了一块。

亮光透过并不厚的窗帘从远隔一点五亿公里的太阳来到我的面前,还隔了一层名为眼皮的东西。侧躺着面对窗户,有一种别样的舒适。似乎在闹钟打扰我的生活之前,应该接着再睡一觉。

淅淅沥沥的雨声从前方传来,太阳雨,也是很迷人的一样事物呢。可是为什么,那滴水的声音,会清晰地来自我的身后呢?

我试图翻身起来寻找声音的来源。

动不了,似乎这个身体已经不再属于我。某种名为僵硬的感觉充斥着我的右臂。我试图喊叫出来,却发不出声。干哑,似乎是因为没有一丝液体在喉咙中流动，所以声带失去了作用。

鬼压床？

我的脑海中下意识地反应出这个词。似乎是因为身体里的血管被压住了血流不畅通导致的。我挣扎着试图使身体重新回归我的掌控，比如说眼皮。连眼睛都无法张开，我甚至不清楚我是在梦中还是清醒着。

我开始活动右手的手指。虽然并没有对现在的情况有什么直接的帮助，但毕竟是一种很好的鼓舞。

突然一下，我翻了过去。整个身体在这一刻似乎都被释放了。紧接着，闹钟响起。

听着往日烦人的闹钟，此刻似乎有一种格外的安心流淌在心中，有一种暖暖的感觉。按掉闹钟，世界又一次安静了下来。

水滴的声音似乎也是躲着我的那样，偷偷溜到了背面，好像是窗外的声音。可能真的是头有点晕吧。嗯，没什么的，对吗？

起床，刷牙。

对着镜子看了几秒，脸有些起皮呢。估计是没有怎么喝水的缘故吧。抹点油，应该会好一些吧。

上了巴士，拎着手提包和车上的人群拥挤着，到了公司，生活回归正常，安宁。

所幸没有迟到，就这样，开始了忙碌的工作。我是一名业务员，其实就是在电话、QQ、MSN之间转来转去。

顺手接起一个电话，没有说话声，没有呼吸声，只有滴水的声音。

"喂？"大概是恶作剧吧，对方依旧没有声音，于是我便挂了。顺手看了一下时间：10：01。没有什么特殊的。

"夏奕，怎么感觉你今天状态不对？"在第三次走神被好友唤回后，他终于忍不住发问了。也难怪，他快吃完了，而我还没有吃几口。

"没什么，早上蛮邪门的，被鬼压床了。"

"我还以为什么事呢。我小的时候也被压过，老人说，在床边放把刀子或打火机什么的就没事了。"他故作神秘地说道，"对了，晚上出去玩不？"

"嗯，好啊，正好排解一下。这回是在哪里聚会？"收了收心，把生活再度拉回平凡。

### 第二夜

长但并不卷曲的指甲，在铺满血液的地板上划动着，发出刺耳的声音。

"滴答、滴答……"清晰的水滴落下的声音。

白板上，一只手在写着什么，完全看不出写的是什么。

散乱的白板笔落在地上，而盖子都落在另一个地方。

这是同一个梦吧？为什么，有一种极其熟悉的感觉？这是哪里？

"丁零零——"

懒洋洋地从被子上面抽下内衣内裤，塞在被子里，然后穿到自己身上。我一点点向卫生间走去，突然意识到，闹钟还没有关。

"丁零零——"

昏沉沉的脑袋从枕头上起来。真是睡昏头了，居然梦到自己起床了。我自嘲地笑了一下，关掉了闹钟。起床，洗漱完毕，看着刮胡刀下消失的泡沫，有一种说不出的清爽和满足感。

"丁零零——"

什么情况？

我恼怒地把闹钟向门边摔去。

罢了罢了，晚上回来前再买个闹钟。起床，把闹钟碎片匆匆处理进簸箕。洗漱，刮胡，穿衣。

努力地把脑袋从枕头里拔出来，我究竟是醒着还是在做梦？闹钟已经被关掉了，而我依旧在床上。

起床时特地看了一下脸，起皮愈发严重了，整张脸上都有白色的小块死皮翻出来。我抓了一下，里面有点泛红出血的感觉。不知道为什么，我总觉得，这些变化，代表着某些不好的东西。

从某些方面来说，没有记忆的人生是痛苦的。而直到现在我依旧想不起，我前半部分的人生。

似乎我的人生是从某个点开始的那样。没有家庭背景，没有朋友圈，没有情人。

"快，快，快，先送到手术室，欠的钱我来付。"

"查不到他的家人吗？"

"关于现场有什么线索？什么？自然晕倒？"

一段段记忆的碎片在脑中浮现，拼凑着我后半部分的人生。这就是我，一个仿佛是突然从这个世界出现的，平凡人。我记得的仅有我的名字，夏奕，以及可能是学校给予的所遗留在脑中的知识。于是我在本地找了一个高中，找了一间屋子，接着考上了大学，找到了工作。

算来，已经十年了呢。也重新交了一些朋友，最好的依旧是大学时上下铺的兄弟，魏海洋。后来我们一起在一家货代公司做业务员，于是，就更加熟了。

一阵电话铃打乱了我的思绪。

"喂？"

忙音。长长的忙音。

挂了电话，我下意识地看了下时间：10：02。

等等。十年记忆，十点，零一分，零二分。

"每一年，你陪我一天，好吗？"一个俏皮的声音从脑海中响起。似乎，本不属于我记忆的任何一部分。或者说，是来自那一段记忆？

那一段，像是已经被刷白的墙一样的记忆？

脑袋里好乱。

那个"她"，究竟是谁？为什么感觉如此重要，仿佛是我生命中不可或缺的一部分。

那么，难道这一切，是"她"做的吗？她究竟是谁？怎么做到的？难道，是鬼吗？

为什么会这样？

## 第三夜

白色的墙壁。

地上布满了红色黏稠的血液。

一个女孩蹲在血液里，一只手用长长的指甲在地上划着，另一只手握着白板笔，在靠在墙面上的白板上写着什么。

我努力想看清上面写的是什么，或是去看清女孩的相貌。

然而上面的每一个字都像是被打了马赛克一样，完全无法辨认。

那脸庞被长长的头发遮住大半，只能看出娇美的脸型。

背后有一种似乎是水声的动静传来。滴答，滴答。清晰而生动，仿佛是这个世界唯一的声音。

我转头望去，突然，仿佛有什么东西滴到了我的脸上。

缓缓睁眼。

似乎浑身上下的每一个关节都逃脱不了酸疼的命运。尽管没有受压迫的感觉，然而它们仿佛都不再属于我。

昨天一天时间都在外面跑，所幸最后还是记得找了一把剪刀放在了床边。

我下意识地往脸上抹了一把。一抹红艳在我手上出现。

我坐了起来，环顾四周。这时，我才发现剪刀已经变成了两半，每一半上都滴着一点鲜血。

空中也有一点鲜血飘浮着。

"你到底是谁？你到底想要做什么？饶过我好不好？"我哑着嗓子嘶吼道。

我看到那点血迹缓缓向电视旁边挪过去，紧接着，镜子里的画面出现了一只手。镜内镜外的两点血迹在镜面上重合，写下"时候未到"四字。

整个世界仿佛水波一样荡了一下。镜子上的血迹消失了，地上的剪刀乖乖躺在床头柜上，似乎自己变回了一整个，上面也找不出一点血迹。而我手上的血迹，此刻也不知道去了哪里。

我壮着胆子爬起来，缓缓移向镜子。

我看到镜子内，床上坐着一个女孩一闪而逝。似乎，就是我梦里的那个。

我注意到镜子中我的脸开始发黑。似乎是结成了一块又一块的硬斑。

我不由露出了一丝苦笑。

今天本是周末，约好要出去玩的。想了想脸上的硬斑，我顺手戴上了一个帽檐很低的帽子。

"夏奕，怎么打扮成这副样子？"还没等我反应过来，他已经一把摘下了我的帽子。

我已经做好了听到尖叫声的准备了。然而等了许久，却依旧没有反应。

不会是吓傻了吧？

可问题是他们依旧在讨论自己的问题，就仿佛一个面部腐烂的人是完全不值得关注的。

时间快到10点了，我把手机电板和SIM卡都拔了出来，然后放进了口袋。

可不一会儿，我还是接到了电话。我听到电话的声音，满脸愕然。

"你们没有听见吗？我的手机它在响，它没插电板可却在响……"

"你在说什么呀？什么手机响了？"朋友愕然的表情让我觉得有些烦躁。突然一下，我把还在响着的手机往河里扔去。

手机被海洋从手里打落，又塞回到我手里。

"你疯啦？"看着朋友焦急的面孔，我不禁愈加烦躁起来。无意间看到了手机上显示的时间：10：03。

第三天了，无论还有些什么，再七天就结束了不是吗？

我望向天空，天空中慢慢浮现出几个血字，可却很模糊。

那几个字仿佛布满了整个天空，可是所有人都好像没有见到一样。

血字仿佛还没有干，一点一点从天空中滴了下来。

这水珠滴落得越来越频繁，最后变成了一场血雨。

我感觉到我的衣服都被淋湿了，一股寒气慢慢沁进心灵。

海洋赶紧拉着我跑到前面找地方避雨。

他们，都看不到真相吗？

**第四夜**

这里应该是一间教室，辅导班或是别的什么。

前面是一块可拆卸的白板。地板上全是血，一个女孩子蹲在地上，一只手的指甲在地面上摩挲着。

一切都显得那么清晰和真实，除了白板上的字迹。只能看清是寥寥十余个字。

"滴答，滴答……"一下一下的水声。

我下意识地回过头去。

我终于明白地上的血是怎么来的了。

一个女孩被头发缠在天花板上，而每一根头发却都像是从墙面里长出来的那样，扣在女孩的肉里，勒出一道道血痕。身体里仅剩不多的血从腹部滴落，在地面上砸出规律的节奏。

失血过多的身体衬托出一张苍白的脸。女孩的马尾耷拉在肩旁，显得那样无力。

我注意到她的脸庞。

很熟悉，熟悉到令人感到悲伤。

感觉到有什么东西从脸庞滑落了下来。或许是眼泪吧。

我用舌尖舔了一下，一股浓郁的血腥味从口腔涌出。

一阵头晕目眩。

我起身喘着气，一股浓郁的血腥味从胃里涌出。我扶住床边，放任恶心的感觉从自己的喉咙中涌出。

好受一些了。

好安静。

似乎每天早上都是这么安静的呢。不过为什么感觉特别安静呢？

可能是因为今天早上没有突发状况吧。

真是的，生活正常一些，这样不是很好吗？

呕吐物的气息顺着空气传达。

我一下捂住了自己的胸口。

我终于明白不对的感觉来自于哪里了，特别的，安静。

"刘医生，您好，这位是昨天预约的病人。他……的症状很奇怪。"

我默然地看着海洋走进心理资询室和咨询师说了几句，然后出来把我拉了进去。

"夏奕?"

我无声地点了点头。

"最近你的朋友说你表现得不正常,是怎么了?"刘医生问我。一个三十多岁的男子,看起来很硬朗。

"我……好像已经死了。"我无奈地苦笑,尽可能显得严肃一些。

"为什么这么说?"咨询师的眼睛亮了一下。

我指了指自己的心脏和手腕,"它们,不跳了……"

我躺在沙发椅上,慢慢闭上眼睛。

一番询问之后,咨询师让我做催眠治疗以作参考。在简单的前奏后,疲倦的眼皮耷拉下来,仿佛粘在了一起。

不知为何,我的记忆很主动地回到了那个梦里,以及墙上挂着的那个女尸,那张俏丽的面孔。

坐在英语补习班的大教室里,密密麻麻二三十人,兴致盎然地听着外教的讲座。我在教室里打量着,并努力回想这是哪里,但只是感觉很熟悉。我向四周环顾,试图找到梦里看到的那个面孔。但是与清晰的教室和教师的脸不同,周围的脸庞显得很模糊,根本认不出来。

只是有种朦胧的感觉,她在这里。

四五个人的教室里,初次进入新教室的人拘谨地做着自我介绍。

找到她的身影很简单。微垂的侧脸,轻轻翘起的马尾。刚刚站起,准备做自我介绍。

"我叫……"简单的话语说了一半,场景就已经彻底模糊了,像是化成了一摊水。

"眼睛怎么肿成这样了？"我看着蹦跳地走出教室的她。

"唔……被蚊子咬的。"

场景再跳。

"他就是林翰？"看着路边某个戴着眼镜的男生，她笑得很开心。

世界很快地转动着。

"话说生日想要什么？"

"九个橙子。"

"那个……你不觉得我拎一袋子橙子到你们班会很……尿？"

"觉得。"

街道。

"我想吃棒冰。"

"那个……现在是冬天唉。"

"那……我们吃棉花糖吧？"

"好啊，一起吃一根吧。"我坏笑着答道。

场景停了下来，枫树下，秋叶散落。

她看着我，问道："你是喜欢我，还是喜欢我的身体？"

"这个问题有意义吗？"听着这么老套的问题，我觉得有些奇怪。她似乎变了很多。

"有。"

"嗯，都喜欢。"

她的眼睛里闪过一丝疑惑。

"那，我们会永远在一起吗？"

我的嘴唇顿了一下。

我突然意识到，似乎这不是在问回忆中的那个当时的"我"，而是在问现在的我。

"会的，琴。"

琴，是吗？很好听的名字啊。

究竟发生了什么？为什么，有一种撕心裂肺般的疼痛？

**第五夜**

这个地方显得如此的熟悉，熟悉到了连害怕的感觉都已经被削弱了。

已经开始习惯这个噩梦了呢，即使感觉偏离现实的世界那么多，但现在与我的现实也已经相差无几了。

我看着眼前蜷缩在那里的女子，长发直垂到了地上，仿佛是深深扎进了地面。

我突然又想起了那个被挂在房梁上的女孩子。

琴。

提到这个名字，又隐隐有了一种心痛的感觉。与之伴随着升起的，还有一种寒意。一具尸体被悬挂在背后，血液浸染了整个地面，这足以让任何一个精神正常的人类感到恐惧。

于是这从一个侧面证明了，就目前而言，我还算精神正常。

我忍着不去想背后的那具尸体，把注意力集中到眼前的长发女子身上。

然而指甲在地面上划出的尖刺声音，以及极为规律的水滴声，一次次击碎了我集中起来的那一点点注意力。

白板上的字迹依旧那样模糊不清，只能依稀辨认出第一个是"你"，后面还有一个"永远"的字样。

"我们，会永远在一起吗？"不知为何，我突然想起了琴说的那句话。

她和琴是什么关系？

那双眼睛仿佛又出现在了我的面前，显得那样真切，那样渴求地想要知道答案。

不，不是仿佛，我真的看到了那样一双眼睛，一双一模一样的眼睛，长在不同的面孔上！

我看到了那个长发女孩抬起的面孔，娇俏的面容却仿佛是被磨出了棱角那般。而那双眼睛，与琴当时的那对一模一样。

为什么会这样？

我抹了一把头上的冷汗，从床上坐了起来，这才注意到自己已经从噩梦中惊醒了过来。

越来越难醒过来了呢，仿佛，一点点被噩梦本身慢慢拖进去，然后撕裂成碎片。

想起来就是那么的令人感到恐惧啊。

话说那双眼睛……为什么会这样呢？

明明是完全不同的两个人啊，怎么会这样？

我仿佛捕捉到了什么。

"眼睛怎么肿成这样了？"

"唔……被蚊子咬的。"

我莫名地想起了那段对话，当时似乎是最容易让人把注意力集中到她的眼睛上的。可那时她的眼睛……仿佛完全不是这样啊。

"怎么了，不喜欢这个礼物吗？"我莫名地想起了这样一段对话。

"啊，没有，只是颜色不好看。"

"你不是说你喜欢水蓝色的吗？"

"是吗？那个，其实对于手套还是粉红色的好看一点啦。"

要从记忆里挑出一段段对话并不算是一件容易的事，我不禁感到有些头疼。

刚刚捕捉到的某些念头仿佛也随着头痛感一闪而逝了。

到底是什么呢？

我的目光突然聚焦到了电视桌旁边写字台前的镜子上。

在镜子里，清晰地出现了一张面孔，张望着我。长长的头发披散而下，不知道垂到哪里。

我下意识地想要抄起闹钟往前砸去，却抓了一个空。回头一看，闹钟在原地破碎了，就好像是……前两天我所砸碎的那样。

而那在原地破碎的塑料壳上，也模糊地映出了那样一张人脸。

我疯狂地逃出了房间。

落地的玻璃门上、没关门的卫生间所透出的镜子上、电脑桌前的窗户上，乃至一切可以照出人的东西上。

我崩溃地蹲了下来，却又在手表上看到了她。

我发疯一般将手表甩了出去。

然而在抬头的那一瞬间，我又注意到了某些东西。

在落地窗上，我清晰地看到了整个她。而她的头发，根本就不仅仅是我在梦中所见到的垂到肩上或是垂到手臂，而是径直垂到地面。几根发丝在地面上摩挲几下，几根离地几厘米距离，在空中微微摇荡。

那么……直插入地面的头发，从天花板上钻出缠住琴的头发……似乎……一切，没那么简单呢。

**第六夜**

好安静的世界。

甚至比现实更加真实一些。

一个熟悉的梦，或者说，是某些真实存在于我脑海中的东西。

甚至，比真实世界中更安全一些。

至少这是一个梦，仅此而已，最多是一个十分熟悉的梦。

所有的一切都如印象中的那样，比如地上的血液，比如面前的女子，比如背后的尸体。

教室的侧面是一面巨大的玻璃窗，值得庆幸的是，这面玻璃窗上总算是没有再出现那个人影。

虽然貌似这个人影现在就在我的面前，至少是以活体的形式。

所以有那么一刻突然觉得，这梦境像是真实，而真实像是梦境。

即使有着十年完整的记忆，然而无根的记忆，无论如何真实，却总是显得那么的虚无缥缈。

身后的水滴声显得越来越清晰。

我平静地看着面前的人儿抬起面孔，就这样凝视着她的那双死死盯着我的眼睛，里面，仿佛有着某种名为恨意的东西。然而这一刻我的心中却没有一丝丝的害怕，更多的却是一种愧疚，以及一丝恨意。

就仿佛这一刻，就算就此死去，也是一种解脱了呢。

人在梦中，也会死去了呢。

话说，不是说，只要是在梦中意识到自己是在做梦，就会醒来了吗？

我一边这样想着，眼前的场景就开始发生了变化。

原本，似乎在这个梦境中待得越久，一切就会越发清晰。然而，自从我的大脑里开始传递出这个信号后，一切又开始变得模糊起来。从那个女子的脸，到划动的指甲，到最后就连整片血红色的地面和雪白的墙，都仿佛被不负责任地搅和到了一起。

再然后便是一片浓郁的漆黑。

很好，只要明白从这个世界中脱离出来的方法，就彻底安全了。

不对啊，为什么我还是没有醒来？

为什么指甲划动地面的刺耳声和滴水的声音还是那么清晰呢？

究竟是哪一点出了问题？

似乎是有什么重物落下的声音。

仿佛有什么东西砸到了我的肩上。

好沉好沉的感觉，像是又要缓缓睡去那样。

"丁零零——"

紧闭的两片眼皮本能般地张开。

抬眼看了一眼那个应该是一堆碎片的闹钟……很显然它又立在了那里。

当然，这已经不足以令我产生一点点的惊奇，就仿佛破损的东西和完好的东西，本就是没有区别的那样。

事实上，让我惊奇的只有一点——闹钟所停留的时间：10：06。

果然，她不会放弃任何的可能来提醒我，已经过去了几天。

满打满算也就还剩四天了呢，无论怎么样，很快就过去了，不是吗？

事实上，对于结局和真相究竟如何，我的好奇心已经并不浓烈了，只是有一种强烈的想躲避开的感觉。

"懦弱的人永远遭人鄙视。"

一个声音从我的脑中划过。或者更准确地说，是从我那段干净得像没有存在过的记忆中透出来的。也不知道为何，听到这句话，心中愧疚更深。

就仿佛现在我所经历的这一切，是罪有应得那样。

起身，玻璃镜面上的那个身影消失了。就仿佛昨天发生的一切，从来没有发生过那样。

然而只有肩上传来的负重感，才能告诉我，究竟发生了什么。

我走到洗手间，看着镜面上的我，和负在我肩上的那个身影。

似乎是因失血过多而显得惨白的脸。

没有分叉的泛着闪光的黑色马尾。

仿佛是颤抖着扭在一起的双唇。

以及那双一如最初的纯净的眼睛。

不知道为何，竟有一丝心安的感觉。

平静，而安详……

### 第七夜

又一次在同一个房间中醒来。

我离真相越来越近了。

我站在原地环视着这一切,如果我没有猜错的话,缠绕在琴身上的头发,应该就是源自于面前这个女子。

至于为什么会那么长,我想我也猜到了。沿着我所站立的这条线,这根本就不是同一个房间里发生的事。

或者说,是完美地衔接在一起的两个时间点。

真是一个完美的解释呢。

那么这就是真相了吗?

或者说,为什么这两个点会被结合到一起呢?

我就像是向未知滴下去的一滴水,扩散得越开,所接触到的疑问也就越多。

就按目前所知的来说,这个教室或许就是我和琴初次见面的那个教室。

可是,为何只知道她的昵称呢?如果知道她的真名的话,一切都会好办得多了呢。

如果我找到了当初发生一切的那个教室的话,或许一切都会结束了吧。

可是,不是说,在十天之内,一切都会结束的吗?

就像一直以来我所知道的那样,待得越久,这个地方就越清晰。

既然已经掌握了出去的方法,那么这里对于我来说就是绝对安全的。于是我安心地等在这里，看着这一切慢慢清晰起来。为什么我突然会觉得这个教室少了些什么呢？

究竟少了什么呢？

我看着那扇玻璃窗，但是，无法看到背后有任何东西的存在。似乎背后，就是一片纯粹的黑暗。

我竟然无法从这里找到任何告诉我身处哪里的标识。

等等，头好痛。

醒来，手下意识地按住了闹钟……的碎片。

但是嘈杂的铃声依旧在响。

手表告诉我现在是10点07分，手机告诉我如果我没记错的话它应该在楼底下躺着。

仔细分辨了一会儿，现在响着的东西应该是叫……门铃？

于是半分钟后，把衣服折腾到自己身上的我打开了门。

"海洋？你怎么来了？"

"那个……"魏海洋的话说到一半，我注意到了他背后的女士。

"等等，如果不急的话，我先刷个牙，你们先进来坐吧。"

三分钟后，我们在房间的客厅里会面了。其实这里原本也只有五个房间：卧室，卫生间，小厨房，客厅，小阳台。

不过怎么说呢，现在能待人的，就剩下一个客厅了——虽然还是有很多的碎片，比如那个落地窗。所以，从某种逻辑上来说，小阳台作为一个房间的意义，已经消失了。

"认识一下，这位是我的好友，夏奕。"说着，海洋又将手指向了另一位女士,"我的高中同学,林音。"

习惯性地握了一下手,我忽然有些不明白海洋的意图。

扫了一眼半垂在我手上的腐肉,还好那位女士看不见刚刚和她接触的这只手的真实样子。

"我是林琴的妹妹。"女士以最快的速度切入了话题。

林琴?直到此时我才注意到,眼前女子显得如此眼熟。

"她现在在哈尔滨,知道你的下落以后,她打算在这两天赶过来。"女子紧接着补充道。

这究竟是怎么回事?琴……她不是,死了吗?

在我的要求下,我们找到了在我的梦中出现的那个房间所在的那幢楼。不过很显然,凭借我的记忆,已经认不出来是哪一个房间,或是哪两个房间了。

何况里面还有人在上课,于是无功而返。

"滴答,滴答……"

### 第八夜

又是这个地方。

千篇一律到令人有些厌倦。

雪白的墙壁、猩红的地板以及白板上那几个永远看不清的字。

一个不知是人是鬼的女性角色,以及一具尸体,缠绕的头发。

似乎即使是闭上眼睛,我也能够迅速地回忆起,这个场景中的每一个细节。然而我还是不明白，直觉所告诉我的问题，这个房间到底缺了什么。

眼前那位有着长发长指甲的女孩，又一次用她的眼睛盯住了我。此刻我终于想起了她是谁，与此同时，所有的害怕消散了，留存下的便是愧疚。

人的恐惧最初来自于对于生命的留恋，而此刻，就算是她杀死了我，我也觉得是再正常不过的事，甚至于可以说是一种解脱。

于是很自然地，那种名为恐惧的东西，烟消云散了。

我的嘴唇颤动着，尝试着发出某种声音。

然而这一刻我才意识到，我无法发出任何一点声音。

我尝试着将身体向眼前的女孩子挪去，可是无论怎么努力，都无法使用身体上的任何一个部位去前进。

就仿佛，此刻站在这里的我，不属于我自己一样。

或者说我本身是一个与这个环境所不相协调的生灵，而此刻只是在旁观那样。

正想着，就仿佛我离开了原来的躯体，我看着我自己一点点出现在眼前，紧接着我看到了依旧半倒在地上的那个女子出现在我的躯体的前方，而后方则是一片空白。再远一些，我看到了琴的尸体。再远，那具尸体被房梁遮挡住了。

我越飘越远，飘到了房间的外面。这个房间的外面仿佛就是虚无的黑暗，而此刻我就处在这片黑暗中。

就这样，飘着飘着，我慢慢飘回了现实所在的地方。

睁开眼睛，来自光线的信号涌入大脑，略微有些刺眼，刺激了泪腺分泌出某种保护性液体。

缓缓坐起，双手抱头，感受着一片片记忆碎片涌入脑海。

若是记忆没有欺骗我的话，她应该是我高中时的同桌，以及……初恋。

其实准确来说也算不上是同桌吧。高中的座位是一人一座，分成六排，所以也只是相邻的两排罢了，仅此而已。

她梳着一头十分引人注意的头发，称得上是美女了，平常给人的感觉冷冰冰的，算是属于很内向的性格了。而我恰好是属于比较善于交际的那种，所以颇有种冰与火交融的感觉。很奇怪，这样的两个人，居然也能擦出火花，算是有些互补吧。

"为什么突然送我一包餐巾纸？"她略带奇怪的表情转过头来。

"谁叫你每天忘了买，现在正好换到教室最左最右的两排，看你还蹭谁的呢。"

虽然说按生日来算她比我要大一些，然而我却总是试图发挥着某一些性格中的特质，比如说，照顾身边的人。

于是，就这样，聊着，笑着，打闹着，熟识了起来。

"话说……其实你笑起来的样子比板着脸好看很多。"我一脸严肃和诚恳地对她说。

她的脸突然红了，转过脸去。直到此时，我才仿佛意识到了某些事。

"生日快乐。"我说着，看着她打开课桌，看到里面的雪吻巧克力。

小年夜，和一个曾经很好的朋友绝交。不知为何，感觉很寂寞。

此时的我已经想不起那个朋友姓甚名谁，只是依稀记得有这个人的存在，也因那个人的离去而推动了我和她的关系。

　　"我喜欢你，做我女朋友吧。"看着她的头像亮着，于是就这样敲了一句话过去。

　　然后……就成功了。

　　情人节，和她分别偷偷从家里溜出来，在外面疯了一天，然后送上了一朵蓝玫瑰。

　　她真的很怕冷，平常每天都会充一个热水袋，于是今天，我就成了她的临时热水袋。

　　"我们，会永远在一起吗？"她喃喃地问道。

　　很明显，处在热恋中的我，会毫不犹豫地回答："会的，一定会。"

　　很温馨，很幸福的一段时光呢。然而第一次经历恋爱的我，不知为何，却是慢慢厌倦了。直到遇见琴之前，这种不知名的害怕和厌倦，还在我的容忍范围之内。

　　"我们，分手吧。"直到某天，我终于下达了这一宣判，而她也似乎早就知道了这一结局。她显得很平淡，或许是因为她也厌倦了吧，我这样安慰自己，以此来减轻一些负罪感。

　　"因为她吗？"她问道。

　　我无声地点了点头。

　　"你还不明白吗？她根本就不喜欢你的。"她对着我的背影喃喃道，或许，更像是一种诅咒。

　　第二天，她从体育馆顶楼的天台上跳了下来，就像是突然失去了飞行能力的鸟那样，坠落而下。落在地上的她依旧盯着我，就像是在梦中的那个她一样，同样的眼神。

由于泪腺收到刺激而产生的名为眼泪的液体，终于涌出。颤抖的嘴唇，也终于发出了声音："对不起，小曦。"

**第九夜**

我望着眼前的她，她跪倒在血泊中，看着我。

不知为何，她的指甲和头发会变得那么长，也不知为何，她的面容会变成这样。

然而我知道，这一切都是我的错，无论接下来将会发生什么，都算是我活该如此吧。

那……琴呢？

好像，这所有的一切，都是源自当年的我。

自己犯下的罪，果然到了最后，都是要由自己去承担。

我站在这个简单的小世界的中央，感受着这个房间中的一切。一切都是如此的真实而清晰，除了白板上写的那十余个字外。

我努力地想看懂那几个词，可是它们依旧是那么模糊，就仿佛，是属于另一个世界那般。

随着我的视线聚焦到那几个字上，渐渐地，周围的环境开始泛白。然后，我从那个梦里退了出来，退回了白茫茫一片的现实。

我想我开始明白发生了什么了。

就如之前所感觉到的那样，琴在小曦死后发生的变化，根本就不是那么的自然。

当所有的可能性都被排除之后，唯一剩下的可能性就是，小曦的……姑且称之为灵魂吧，进入了琴的身体，并且占据了主导地位，最后甚至杀死了对方。

于是眼神的问题就可以被解释清楚了。

但是为何琴的妹妹说琴还活着呢？

门铃响起。

"琴。"随着门被打开，我不由自主地惊呼了一声。

门外站着的，便是曾经我所有目光的焦点——琴。依旧是一头马尾，和清秀的面孔，有些迷糊的眼睛，但是眼神很清澈。

气氛一时有些尴尬。十年的时间，足够改变太多东西了。何况现在我突然有些迷茫，那时和我恋爱的，究竟是不是她。

她显得优雅了很多。正如以前的她，在最初陌生的时候，也是如此的优雅。似乎只有在亲密的人面前，才会显示出孩子气。

不知道，究竟是我们的关系又回归到了最初，还是她变得成熟了。

似乎，两种结果，都不是那么好呢。

但其实，能见到她，就应该很满足了，不是吗？

所以我还能奢求些什么呢？

于是，这一段一直在期待中，却是突然发生的相遇，就要以这样干枯的方式结束了。

真是不甘心啊。

如果说，还能再来一次的话，结局会不会好一些呢？

但是，我配吗？

**第十夜**

就像是在一条无限长的跑道上奔跑那般。

我也不知道我为何要奔跑，周围都是黏稠的黑暗，很冷很冷，就仿佛奔跑是唯一的取暖方式。

在无穷远的边缘，精疲力竭地从梦中醒来。

视线由模糊逐渐变得清晰起来。

一间洁白的房间，除了我以外，还有一个人。

虽然还没有看清她是谁，但是凭着本能我感觉到，那是琴。不知为何，心一下子安定了下来。

原来，只要有你在我身边，我的心就永远不会沉沦。

"琴。"我轻轻呼唤了一声。

她抬起头看着我，眼神很纯净，就仿佛这个世界上，本就没有什么东西能污染她一样。

"我做了一个很长很长的梦。"回想着杂乱无序的记忆，我不由苦笑。还好，那一切只是一个梦。

她轻笑了一声："那是啊，你可是睡了好几个小时呢，那个潇洒啊，可怜我只能刷习题。困啊。"

"那就稍微眯一会儿咯，劳逸结合有利于提高学习效率啊。"我调侃道。

"少来，原本还说要来帮我补习的呢，还说什么好歹比我高两届来着。快过来帮我看看这道题。"听着她说的，我顺势凑了过去，她却突然沉默了下来，"我快要走了。"

我突然意识到，即使早已梦到了这一切，我也无法改变什么。

某种名为命运的东西，根本没有留给人任何的选择。所以即便是再来一次，我也只能眼睁睁地看着属于我们的情感。

"也是呢。明年我高三冲刺，也基本联系不上了呢，接着我会去上海吧，再接着，看缘分吧……"我尽力掩饰自己的情感，使语气听起来平淡一些。

"我们不是说好的，会永远在一起的吗？"她瞪大了眼睛望着我，泪水仿佛在眼眶里打转，正如在我心头打转的心疼与内疚，如两把刀旋转着切割那颗尚且完整的心脏。

然而这不是最主要的。

刚刚那一刻，我清楚地听到了两个声音所说的那句话，一个是琴的声音，而另一个，则是小曦的声音。

我清楚地意识到了某些事情的发生。

从天花板上延伸出很多的头发，一下子将琴拖到了天花板上。我大吼着，却无法改变什么。血液一点点从琴的身体里流淌出来，滴答，滴答。

我从教室中唯一的门慌忙地退了出去，然后开始往楼上跑。我像发疯一样冲到了楼上的这个位置的教室，推门而入。

果然，小曦半趴在那里，她的头发一根根扎在地上。在她的身旁，是一扇巨大的玻璃窗。玻璃窗之后，是无边的黑暗，上面映出一个与我眼前一模一样的小曦的影子。

此刻我终于明白了当时为何会在镜子乃至一切反光的事物里看到她了。那么接下来的一切，便是如同我所推测的那样了。

我慢慢地向她走近，走到房间正中时，回过头，背面却已经是被挂在天花板上的琴了。

直到此时我才意识到我所感觉到的问题是什么。

这个房间只缺了一样东西，这个由两个教室组合而成的房间，根本就没有门。

"这只是一个梦，这只是一个梦，崩溃吧，让这个梦境崩溃吧。"我在心中默念着这个我曾经发现的脱离梦境的方法，然而根本就没有一丝用处。

随着一声一声的滴答声，整个地面一点点被染红。然而四周的墙壁依旧是雪一样的洁白，甚至洁白到有一些异样。

小曦用一只手上的长长的指甲划着，另一只手则拿起一支白板笔，试图往白板上写些什么。

仿佛有什么重物摔落下来，砸在了我的身上。我知道，是摔落下来的琴，挂在了我的身上。

小曦站了起来，将她的一头长得触及地面的头发完全展示了出来。很奇怪，刚刚被刺穿过的地板，没有留下任何的痕迹。

我终于看到了白板上写的字："我们说好了，要永远在一起的呢。"

原来，这才是当初的她最在意的事。原来，这才是缠绕我心中永恒的心结。

小曦将头发向我伸来，缠绕住我的身体，渐渐嵌入了肉里。刺骨的疼痛，在此刻却显得如此微不足道。

我知道，在这个房间外面，裹着不知多厚的黑暗，而在这黑暗外面，才是灰色的现实。

没错，这里才是梦，而我将永远被困在这个梦里。

# 前进

文 | 郑倩

 我是在"文革"结束后的半年来到桥头村的,作为村里唯一的一个公派教师,我一进村,村委员长就给我接了风,带我去宿舍,并且表达了他的希望,即希望我好好在这儿教书,说孩子们都不容易。其实我是知道的,在来之前从县里下发的文件中也了解得差不多了。桥头村主要住着两个户族,一家姓林,一家姓杨。接我来的杨委员长算是村里的长者,因为这一层"官方"关系,再加上杨家多有些"小资"家庭,生活上总是比土坡另一边的林家好些。

 我到学校的时候,学校里只有一位老师,他一人上着三个阶段的数学和语文课。我和他握过手以后,听他讲了些学校里的情况。知道他也是一个刚毕业不久的高中生,身体不好不能回队里劳动,是家里托了个关系才留下教书的。原先还有一个老师,但不久前家里出了点事继续待在这儿不方便,就调回县城去了,这才把我调来了,这我也是知道的。

学校的教学我和他分担了一下,从今以后我教语文、化学,他教数学、音乐。从办公室出来后,我就在学校绕了绕。说是办公室其实也昏暗得很,学校将仅有的条件都挪给孩子用了,刚才在办公室陈华老师很不好意思地挠着头跟我说,因为办公室光线太暗,他在学校南边支了张桌子,改作业都在那儿改,光线好些,说以后也给我多支一张。刚才从校门走进来,我就已经一清二楚地看到整个学校的规格了。正面的一排砖瓦房是条件最好的,这里一共有三个教室,两个给高年级用,剩下的一间和西边的两间给低年级用。东边则有一间办公室,一间厨房和厕所。在三个房子的中间连着大门留了一块水泥空地,上边支了一个生了锈的篮球架,算是一块活动场地。不过大家都是农民的孩子,放学都赶着回家劳动,没什么人会留下来玩,因此学校特地从外县运来的篮球架也就这样生了锈。

林厚朴是我来到学校以后记住的第一个学生,长得就很像一个农民的儿子,营养不好瘦瘦的却很高。这里的孩子并不怎么认真读书,在这里大家都是农民,学习不过是为了不当个文盲,以后在生产队里劳动不至于当个睁眼瞎;也没什么人想着通过读大学从而以后当个地方官,除个别干部子弟这么想以外,大家都只是混个三年把文凭拿到手就走了。但林厚朴不仅如此,他还爱闹事。他把村头的疯狗引到教室里来吓女生,赶着大队长家的老母鸡到学校里来下蛋,还硬说是它自己跟来的。人家都跑到学校里来教训他了,他还无所谓地笑笑。

林厚朴最近上学总是迟到,本来就全是补丁的衣服有时候还会裂开,有时候又很脏,满是尘土。看到他最近学习状态越来越差,陈老师建议我去家访一次，和他的父母谈谈。

下课铃声一响，林厚朴就冲出教室，走到东边拐角的地方拿上一个小篮子，一直向着东边走去，我也跟在他的后面保持着100米的距离向着他家去了。离学校和村委员会近的地方还是水泥路，路边也偶尔有开车的经过，可是越向东边去，道路就越差，一路上坑坑洼洼，深一脚浅一脚，还有些不平整的小土坡。已经快要入冬了，路边的树被北风吹得没了叶子，尽是些光秃秃的树枝，这倒很符合桥头村的生活状况，很困苦。掉了叶子的树，可以直接用手掰下些枝干，或者在树下拣一些树枝回去，给家里当柴火，看得出来林厚朴就是这么想的。

厚朴一路上不安分地在小路两边的草丛里窜来窜去，一会儿爬树，一会儿又扎进草丛里，拣出来的树枝装在篮子里带回家正好可以烧一顿。这是他作为一个庄稼人的敏锐之处，每一年这个时候都是他上下学忙碌的时候。我一路跟在林厚朴的后面看着这孩子，感觉到此时的他与在学校里的狂放，已然不同了。再等过了桥，走一段路后就可以看见林家村了，这里的建筑格局和学校和杨家村又不太一样，土墙一家挨着一家也没什么装饰，锅碗瓢盆已然是全部。林厚朴径直向村子后头走去，进了他家。

林厚朴家的光景一直不好，除父亲和哥哥是个全劳动力外，母亲、妹妹、弟弟还有他都只会给家里增加开销。看到他一声不吭地走进家，把篮子里的东西倒到院里的柴火堆以后，我看了一眼院子，稍作停顿，也跟进了家里。

厚朴的母亲正在灶上做晚饭，看到我来先是惊讶了一下，便马上招呼我坐下。知道了我的来意以后她打发厚朴的弟弟厚诚去田里叫丈夫。林厚朴的妹妹属家里最小的，此时正坐在床上打量着我这个从未见过的陌生人。林厚朴也先是顿了顿，大概没料到这个新来的老师竟会到家里来。但他没有作过多的停留，拿起锄头到院子边的一小块自留地耕地去了。

我走到门口，看着林厚朴的行动，心生奇怪，他在家与在学校实在大相径庭。林福是村里一大队生产队的队员，那天下午看到林厚诚一路从家里跑来，以为出了什么事，跟队里请了假就急匆匆地跑回了家，一路上小儿子支支吾吾急得讲不清话，他也就索性不问，一直跑回了家。回了家以后看到新来的老师坐在桌边，妻子坐在旁边，灶上的女儿和地里的儿子一如往常，便有点摸不着头脑了。林福走了进来，坐下来，他那个不能做主的农村媳妇也就走开了。林福以前上过几年的小学，识几个大字，因此听了我讲的厚朴在学校的表现反馈后也就懂了，他知道读书的重要性。

可他还有不好开口的话要说，林福不好意思地笑了笑露出一口微黄的牙："老师，你也看到我们家现在的经济状况，娃娃读书费钱，读到高中已经不容易，够了。"

"是不容易，可是现在国家倡导咱们学习，学习可以改变人生哩。"

"可前几年他大哥读书的时候，学校不教书，整天出山去劳动，又不记工分，白辛苦。厚朴这孩子挺懂事，在家也不开口主动要什么，我和他大哥忙，自留地里的东西也都是他在耕，老师你说的在学校的事，我是绝不相信的，他怎会捉弄人家的娃娃呢？不过上学迟到这件事我倒是不知道，我早出晚归，还不知这孩子为家里拣柴火呢。"

我心里一怔，林厚朴在学校的事居然家里都没人知道，我原先以为他是个放纵的小子，准备了一大套说词来教育他，来和他父母讲，可是现在这情况倒是让我不知怎么开口了。"所以说厚朴是个好苗子，喜欢读报刊，也关心国家的趋向,现在好好读书,是有机会从农民翻身的。"我知道林厚朴家里四代农民,从来没离开过土地,而且过去国家局势不好,家里一直欠着债,能让家里出一个知识分子也是他们希望的吧。

晚些时候林厚朴从地里回来,脱下满是泥土的胶布鞋,换上了一双稍微干净点的。已经入冬一段时间了,换季的时候总是冷,农民干活也喜欢先喝一点小酒,林厚朴的身上却只有一层薄薄的棉絮。从背后看上去他已然有高大的身材,只是略微瘦了点,宽阔的肩膀,长长的腿,加上农民儿子该有的黝黑的皮肤,让他看上去像个成年人了。站在灶台边上帮忙盛饭的他看起来沉稳、可靠,又带着一丝温润。若不是家里太穷,等到了成年,说媒的人必然一大堆,至少在我看来是这样的。林厚朴轻声地问了一句话,让我留下吃饭,我看了一眼锅里的粥,一下子哽咽起来,我知道这锅里没我的份,便也不愿留下添麻烦。走之前我把林厚朴叫了出来,责备他不该在学校做出那等行为,并且叮嘱他要好好学习,临走时还给他塞了十斤白面的粮票。

冬天的道路光秃秃的,来的时候没注意,回去时一个人倒马上被这条小路吸引住了。从半山腰的厚朴家往下看,绕过弯弯曲曲的羊肠小道,再顺着队里的一大片田地往前走就大概到了学校。想着林厚朴每天要在这样漫长而崎岖的路上来回地奔波着,一言不发地担当着家里的责任,我就想到过去每一个时代里那些有着相同韧性的穷人的孩子,从小展示出的气魄让老一辈人震撼,而林厚朴就是这样一个人。

那天之后的两天林厚朴没了踪影,一直没来学校。我继续上着我的课,带着我的班,一如既往。林厚朴再次出现在我的视野里时,手里抱着一大堆报纸,敲开了我办公室的大门,他踌躇了一下在门边蹭了蹭鞋后就走了进来。他打开报纸指着上面说教育新政策的文章，他告诉我他要读书，要上大学，他知道现在不像以前一样地方推荐人去上大学，如果是那样是永远轮不到他的，可现在中央说了，只要每个人平等地参加考试，只要考上的就都可以上大学。是的，是这样的，这更可以说明他是有关注政治的，我来的这半年，我总是看到他一个人站在橱窗边，津津有味地读完了当天的报纸以后再离开。因此我猜对于国家颁布的这些政策，这个孩子总是有自己的想法的。我对他点了点头，表示了对他继续读书的肯定。

我走出办公室坐在南边小山坡的墙角，看着林厚朴走进了高年级的教室。那一间教室对于低年级生来说就好像天堂一样，进去了就代表在学校里成了"上层人士"。我双手枕在脑后看着天空，白云悠悠地飘过这个在时代里急速变化的桥头村。时代要变了，每一个庄稼人都已经嗅到了前进的味道。

正如维克多·雨果所说："前进，意味着目标不断地前移，阶段在不断地更新，他的视野总是不断地变化着。"林厚朴如今就在不断地扩大着他的视野，作为一个从未走出过桥头村的农村小子，林厚朴却已经从书中了解了外面的万千世界。如果他没读过书，不识字，他也就不会思考了，不会萌发出新想法了。他会像他的大哥一样好好劳作，娶妻生子，成为一个地道的农民。可是这个青年已经学会了思考，这尤使他痛苦。他决定不再浑浑噩噩，而是好好再读书半年去参加考试，这是他一辈子脱身庄稼人的唯一机会。所以家到学校这条长达12里的路从此成了他的求学之路，每天早上背上一天的粮食捧着书本上路，每天下午又拣着树枝背着课本回家。他这个不务正业的农村小伙倒渐渐地有了文艺青年的样子。

天气渐渐转暖，再不出两个月林厚朴就要去县城参加考试了，此刻他正沉浸在课本里呢，正享受着这思考的时间呢。但同时他也答应林福，如果考不上他就回来踏踏实实地做个庄稼人。

两个月过得很快，在一声不响中就开启了夏的序幕。那一天晚上林家煮了顿难得的好饭，为林厚朴考试加油打气，他们把我也叫了去，感谢我半年来在学习上对林厚朴的帮助，我也客气地喝了两盅酒。可如果说厚朴考上了那也不是我的功劳，我根本没帮到他什么，他这半年在学习上的猛劲是我所见过最积极的，他一心地朝着目标前去。如果说这条无人勇于涉足的路被他踩在了脚下的话，也是他自己手握着坚定的镰刀一路挥过去的，凡是经过的路途必留下汗水。

再后来厚朴是考上了的，到了中国人民大学去学习，听人说回来以后在县上当了个领导，那时我已被调离了桥头村，去了另一个一样偏僻的地区。很久以后我路过桥头村时就想着再去学校看看，结果我看见了学校新开的土地和新建的校舍，好像说是让全村适龄的孩子都去上学。听一个过路人说这是一位林主任下达的命令，要尽快建好学校开始上课。我听说了以后就和县里申请让我再回到桥头村去教书，所以我就又回来了。每当我看着东边那一条弯曲的小路时，记忆的风帆就会反复驶进往日的岁月，我就想到了厚朴，我知道那位林主任一定是他，我有直觉。正因他自己尝到了学习的乐趣才会更加懂得珍惜读书的机会，而如今他正把这个机会带给每一个和他当初一样，因为经济原因而胆战心惊不敢认真读书，怕一旦用心就更要花钱读书的孩子们，让他们有机会享受读书。

王尔德在《道林·格雷的画像》里说：正值青春的时候，你就要感受它，不要虚掷你的黄金时代，不要倾听那些枯燥乏味的东西，不要试图挽留无望的失败，不要把生命献给无知、平庸和低俗，这些都是我们时代病态的目标，虚假的理想。活着！把你宝贵的内在生命活出来，什么都别错过。林厚朴抓住了他青春的尾巴，成就了自己，而我们有理由相信，每一个正青春的进行时都可以做得比他更好。

图书在版编目（CIP）数据

第二十届新概念作文获奖者作品精选．B卷／刘奔三主编．－－北京：北京时代华文书局，2018.7
ISBN 978-7-5699-2392-6

Ⅰ．①第… Ⅱ．①刘… Ⅲ．①中国文学－当代文学－ 作品综合集 Ⅳ．① I217.1

中国版本图书馆CIP数据核字（2018）第079658号

## 第二十届新概念作文获奖者作品精选．B卷
Di Ershijie XinGaiNianzuowen Huojiangzhezuopinjingxuan B juan

| 主　　编 | 刘奔三 |
|---|---|
| 出 版 人 | 王训海 |
| 选题策划 | 田晓辰 |
| 责任编辑 | 田晓辰 |
| 装帧设计 | 新艺书文化　段文辉 |
| 责任印制 | 刘　银　范玉洁 |

出版发行｜北京时代华文书局 http://www.bjsdsj.com.cn
　　　　　北京市东城区安定门外大街138号皇城国际大厦A座8楼
　　　　　邮编：100011 电话：010-64267955　64267677

印　　刷｜三河市祥达印刷包装有限公司　　电话：0316-3656589
　　　　　（如发现印装质量问题，请与印刷厂联系调换）

开　　本｜787mm×1092mm　1/16　印　张｜15　字　数｜176千字
版　　次｜2018年7月第1版　　　　印　次｜2018年7月第1次印刷
书　　号｜ISBN 978-7-5699-2392-6
定　　价｜35.00元

版权所有，侵权必究